必中のダンジョン探索 1

～必中なので安全圏から
ペチペチ矢を射ってレベルアップ～

HJ文庫
1189

口絵・本文イラスト　へりがる

「吹き飛べ！
【魔光矢《ディバインボルト》】!!!」
Author
スクイッド
Illustration
へりがる
1
必中のダンジョン探索
～必中なので安全圏からペチペチ矢を射ってレベルアップ～

凛《りん》
可愛く元気でノリの良い、
JK探索者。親友の莉奈、
杏樹とチームを組む。
杏樹《あんじゅ》
凛の仲間。
小柄で素早い短剣使い。
莉奈《りな》
凛のチームメンバー。
回復役を担当。

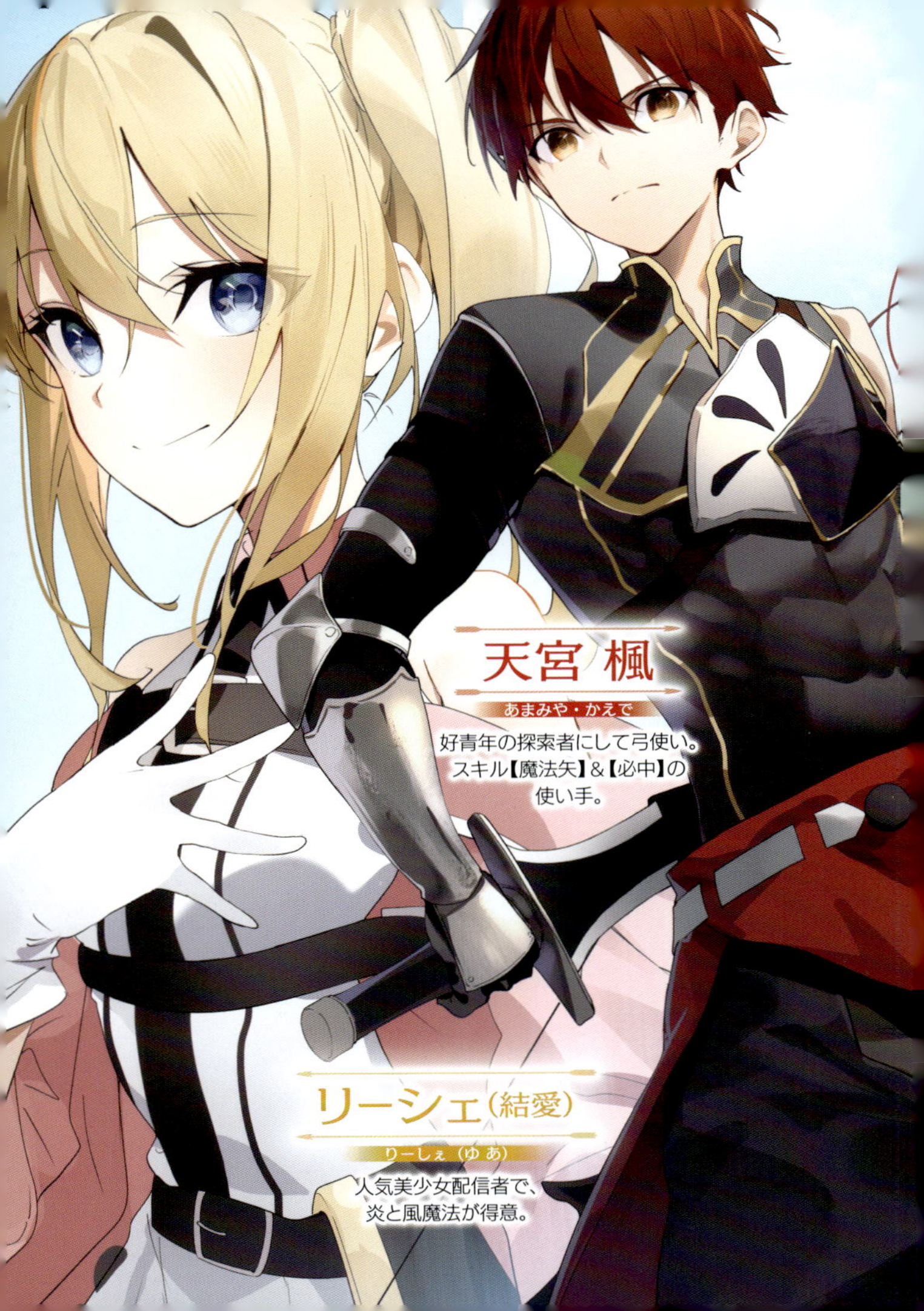
天宮 楓
あまみや・かえで
好青年の探索者にして弓使い。
スキル【魔法矢】&【必中】の
使い手。
リーシェ（結愛）
りーしぇ（ゆあ）
人気美少女配信者で、
炎と風魔法が得意。

「ありがとうございます！
大事に使わせてもらいます!!」
嬉しそうな顔をしながら
杖を抱えて笑うリーシェを見て
俺も思わず笑みを浮かべる。

1

A heroic tale of
a humble young archer
who one day discovers an incredible way
to conquer dungeons using special skills,
and rapidly grows into a hero

CONTENTS

第１章　プロローグ

この世界にゲームみたいなダンジョンができるようになってから二十年。

世界がこうなってしまってから最初は混乱に混乱を極《きわ》めて、世界のいろんな機関がてんやわんやだったらしい。

だけど、人は順応する生き物であり、頑張《がんば》ればなんとかなる生き物で、ちょうど俺《おれ》が産まれた十九年前。

だいたい一年で世界ダンジョン条約なんてものが各国間で交《か》わされたり、俺の住んでる日本でも法令ができたりなんかした。

そして、一般人《いっぱんじん》もステータスとスキルを手に入れられ、ダンジョンに入れるようになったことから、かつての「ゴールドラッシュ」にも似た社会現象が起きた。小さな魔石《ませき》一個が当時の値段で百万を超《こ》えることから、一攫千金《いっかくせんきん》の夢を見た人が溢《あふ》れかえったのだ。

だけど、それもダンジョンの中で命を落とす人が増えたことで落ち着いたけど。

まあ、それでも毎年何万人という新規の探索者《たんさくしゃ》がダンジョンに入っては新規じゃない探《たん》索《さく》者も含《ふく》めてちょくちょく死んでいってるんだけど、ダンジョンに潜《もぐ》る探索者が減る事はない。

それが今のダンジョン。

それが今の世界だ。

＊＊＊

「……」

集中する。

だいたい20メートル先のオークの頭を狙《ねら》って弓に透明《とうめい》な矢をつがえる。

「フッ!!」

俺は弓につがえた透明な矢を射《う》ち放つ。

放たれた矢はぐんぐんと飛んでいき、遠く離《はな》れたオークの頭に突《つ》き刺《さ》さり、オークは体液を流しながら膝《ひざ》から崩《くず》れ落ちる。

『レベルが1上がりました』

「……ふぅ」

脳内にレベルが上がった事を知らせるシステム音が聞こえたのを確認《かくにん》してから、一息ついて弓を下ろす。

倒《たお》した魔物《まもの》の数はさっきのでようやく三十四匹目《ひき》。

一応これで今日の目標のノルマは達成かな？

「ステータス」

倒したオークから魔石を取り出す前に、レベルアップに伴《ともな》って上がったであろうステータスを確認するためにステータスを開く。

天宮楓《あまみやかえで》
レベル78
HP：780／800　MP：125／410
攻撃力《こうげきりょく》：150（＋52）
防御力《ぼうぎょりょく》：100（＋12）
俊敏《しゅんびん》：150（＋57）

器　用：250（＋147）
精神力：200（＋117）
幸　運：50
BP：5
SP：50
スキル：【魔法矢《マナ・ボルト》Lv.9】【弓術《きゅうじゅつ》Lv.5】【鷹《たか》の目Lv.2】【アイテムボックスLv.1】

よし、ちゃんとステータスは上がってるな。

基本的にステータスは1レベル上がるごとに、だいたいHPが10にMPが5くらい、それに幸運を除いた各ステータスが1、2ずつ上昇《じょうしょう》していく。

上昇量は微妙《びみょう》だけど、俺達《おれたち》みたいなダンジョンに潜ってる探索者からしたらかなり重要なことだ。

……それにしても。

「レベルが上がりにくくなってきたな……一年もかけてまだ78か……」

既《すで》にダンジョンに潜って一年。

十八歳《さい》の誕生日にステータスを確認できるようになって目にしたのは、【魔法矢《マナ・ボルト》】という妙《みょう》なスキルだった。それは、いくら調べてもまったく情報がない、いわゆる「ユニークスキル」と呼ばれる種類のもの。

これに興奮した俺は、高校在学中に二ヶ月の講習を受けて探索者の資格を得た後、すぐにダンジョンに入った。

ユニークスキル持ちってことでめちゃくちゃ期待されてたし、俺も世界トップレベルの万超《まんご》えのレベルに到達《とうたつ》できるんじゃないかって期待していた……けど、そんな簡単にはいかない。

まず、俺のユニークスキル【魔法矢《マナ・ボルト》】は現時点でこんな感じだ。


【魔法矢《マナ・ボルト》Lv.９】
・消費ＭＰ：20
・魔力《まりょく》を消費して魔法の矢を生成する。
・矢自体の強度、攻撃力は精神力のステータス×0.5。

俺の【魔法矢《マナ・ボルト》】は説明の通り、魔力を消費して魔法の矢を作るだけのスキルだ。

……そう、だけなんだよ……。

特に、勝手にモンスターに向けて飛んでいったりしない。

だから、使い方はごく平凡《へいぼん》なもの。つまり、【魔法矢《マナ・ボルト》】で作った透明な矢を弓につがえ撃《う》つ。

これじゃあ普通《ふつう》の弓矢と同じだ。

飛距離《ひきょり》だって伸《の》ばすには攻撃力のステータスが必要だし、当てるには【弓術】のスキルや技術のステータスが必要になってくる。

それなら探索者協会を経由して国に許可を取って、近距離《きんきょり》でショットガンを撃ってる方が強いし、モンスターを倒すのも早い。

それに、ステータスを上昇させるＢＰも他の人みたいに攻撃力と俊敏《しゅんびん》のステータスに振《ふ》ったり、防御力と技術のステータスに振ってダメージディーラーになったりタンクになったりといった特化した強化ができない。

飛距離を伸ばすために攻撃力、矢を当てるために技術、【魔法矢《マナ・ボルト》】の強度と威力《いりょく》を上げるための精神力。

そんな感じで、俺の場合複数のステータスを上げなきゃいけないから、いわゆる器用貧《きようびん》乏《ぼう》になってしまう。

それでも【魔法矢《マナ・ボルト》】自体に攻撃力があるからまだ普通の弓よりは攻撃力が高い。

まあ、その普通の弓も弓を使うぐらいなら銃《じゅう》を使った方が強いから、俺以外弓を使ってる人を見たこともないけど。

「だからと言って今さら変えるわけにもいかないしな～……」

だけどこのまま俺が資格を取った時の同期との差は開くばかりだし……

俺の【魔法矢《マナ・ボルト》】が使えないってわかった瞬間《しゅんかん》みんな離れていったし、器用貧乏なステータスのせいで同期と組んだパーティーについて行けなくてクビにもなった。

その時はめちゃくちゃ悔《くや》しくて、めちゃくちゃ悲しくて、めちゃくちゃ泣いて枕《まくら》を濡《ぬ》らしてしまったけど、今ではもう気にしてない。

なんか泣きすぎて溜《た》まっていたものを全部出したからか特に気にせず次の日からダンジョンに潜れたし。

だけど、やっぱりパーティーの方が色々と効率がいいのもあって、その後も何回か新しく探索者になったパーティーに入れてもらったりした。

だけど、俺みたいにBPの割り振りが中途半端《ちゅうとはんぱ》だと、やっぱりF～Sまである探索者ランクの中だと、Dランク程度までしかついていけなくて……それからは、ずっとEランクのダンジョンでソロで活動してる。

しばらく時間が経《た》つと、Eランクダンジョンに一人で入った方が新しく探索者になったパーティーに入るよりも効率が良かったのもあった。

それでもちょくちょく、Fランクのダンジョン内で出くわしたり一時的に一緒になる初心者パーティーに、基礎的なダンジョンについての注意事項《じこう》なんかも教えたりしてたんだけど……

「それでついたあだ名が案内役《ナビゲーター》って？　……笑えないな……」

　本当に笑えない。

　このあだ名のせいでレベルが上がってDランクダンジョンのボスに通用するようなステータスになってからもソロのままだ。ボスに挑戦《ちょうせん》するために俺をパーティーに入れてくれるパーティーを探しても見つからない。

　まあ、探索者協会の人達には信用してもらってるからそこは良いのか？

「まあ、いいさ！　このまま俺は俺なりに強くなってやる!!」

　どうせ俺が強くなるためにはダンジョンに潜り続けるしかないんだから。

　高卒で社会に出ずにダンジョンに潜り始めたから俺が入れる会社だと今の俺より低い給料だし、高くても調べたらしっかりブラックだったりするしな！

「よしっ！　じゃあせっかくここまでSPを溜《た》めたんだ！　【魔法矢《マナ・ボルト》】のスキルレベルを上げよう!!」

　俺は気を取り直してからステータスにある【魔法矢《マナ・ボルト》】にSPを割り振ってレベルを上げる。

『魔法矢《マナ・ボルト》のスキルレベルが上がりました』

よし……これで溜めてきた10レベル分のSPがすっからかんだけど【魔法矢《マナ・ボルト》】のスキルレベルが10になる。

今までのレベルアップでは同時に作れる数が増えたり、消費MPが減ったり矢の強度と攻撃力の倍率が上がったりしただけだったけど今回は違《ちが》うはずだ。

総じてユニークスキルというのはスキルレベルが10、20、30、40、50といったように10の倍数で新しく効果が増えることが多い。

そして今レベルが上がった【魔法矢《マナ・ボルト》】はスキルレベルが10。きっとスキルに新しい効果が増えてるはず。

「……さて……どうなっているか……」

これの結果によって俺のこれからが決まってくる。

これからダンジョンに潜るのが楽になるのか、それとも言っちゃ悪いけど使えないような効果が増えるのか……

今までの苦労が吹《ふ》き飛ばされるような効果が付いてたら良いけど。

というかここまで頑張って何も無かったら泣く。

大人一歩手前の男が、恥《はじ》も外聞も気にせず泣くぞ？

俺は恐《おそ》る恐る【魔法矢《マナ・ボルト》】の説明を確認する。

「…………おー！　新しい効果が……うん？」

【魔法矢《マナ・ボルト》Lv.10】
・消費ＭＰ：20
・魔力を消費して魔法の矢を生成する。
・矢自体の強度、攻撃力は精神力のステータス×0.5。
・【捕捉《ロックオン》】スキル強制取得。

……これだけ？

まあ、ユニークスキルがレベルアップしてスキルを新しく手に入れられるなんて聞いたことないけどね？

えっと、詳細《しょうさい》は……

【捕捉《ロックオン》Lv.1】
・視認《しにん》した対象への遠距離攻撃《えんきょりこうげき》が必中する。

いや、確かにすごい効果だと思うけど……なんかショボくない？　【捕捉《ロックオン》】の説明を見る限り、遠距離攻撃が必中らしいから俺の場合は射った矢が必ず当たるってことになるけど……

え？　本当にこれだけ？

てか攻撃力がめちゃくちゃ強くなったりとか、消費ＭＰが無くなったり、何か強力な効果が付いてたりするんじゃないのか！？　【魔法矢《マナ・ボルト》】自体は何も変わってないじゃん！

「魔法矢《マナ・ボルト》が必ず当たるようになったのは嬉《うれ》しいんだけどさ……」

でも、なんだろうこのガッカリ感は……

「はぁ……」

まあ、でもいいや。

これからは新しく手に入れたスキルに期待することにしよう。なんかもう今日は疲《つか》れたわ。

そんな期待をしながら、俺はオークから魔石を取り出して、ダンジョンを出るために出口に向かって歩き出すのだった。

第２章　捕捉《ロックオン》スキルの真価

新しいスキルを手に入れた翌日。

俺は早速《さっそく》昨日手に入れたスキルを試《ため》すために昨日と同じくオークが出てくるEランクダンジョンである巌窟《がんくつ》のダンジョンに来ていた。

「ホッ!!」

適当に射《う》った透明な矢がオークの頭に突き刺さる。

頭に透明な矢が突き刺さったオークは鳴き声もあげることなく膝から崩れ落ちた。

「おお、本当に狙った所に飛んでいくんだな」

【捕捉《ロックオン》】スキルのおかげで毎回毎回、丁寧《ていねい》に時間をかけて狙いを付けなくても自動的に【魔法矢《マナ・ボルト》】で作った透明な矢がオークに向かって飛んでくれる。

「【捕捉《ロックオン》】スキル……結構使えるな」

今までは百発百中なんてこともなく、モンスターがどんな動きをするかもわからなかったからある程度距離《きょり》を取って、動かれる前に【魔法矢《マナ・ボルト》】を放っていた。

だけど【捕捉《ロックオン》】があればその心配はない。

常にモンスターの動きに合わせて矢が追尾《ついび》してくれる。

それに、動きながら射っても必ず当たるようになったしな。

オークの振り回してる棍棒《こんぼう》を避《さ》けながら射っても百発百中。

だけど、少ししか使えてないけど【捕捉《ロックオン》】スキルの有用性もわかった。

「これならいけるか？　ボスのソロ討伐《とうばつ》」

俺は顎《あご》に手を当てて考えていく。

ダンジョンのボスというのは、一般的《いっぱんてき》にそのダンジョンのランクに比べて、一つだけ上位ランクのモンスターと相場が決まっている。

だから、俺が今いる「巌窟のダンジョン」（Eランクの場合）、Dランクのモンスターであるハイオークがボスだ。

ハイオークはオークをもっと獣《けもの》感を増して一回り大きくしたようなモンスターで、防御力とHPがとんでもないことになってるボスモンスターだ。

だけど同じDランクのモンスターでもボスだけあってか経験値もボスの方が断然多かったりする。

勿論《もちろん》強さも普通のDランクのモンスターよりステータスが強化されてるから強い。

というかあんな化け物耐久《たいきゅう》のモンスターが同じランクのダンジョンにうようよいてたまるか。

そんな強化されたＤランクのモンスターのボスと、限られた空間で戦うのは難しい。特にソロだと、俺がずっと狙われるというのもあって矢を正確に当てられなかったから今まで断念してた。

「それでも今ならハイオークぐらいの攻撃《こうげき》なら避けられるし確実に俺の攻撃は当たるんだ。いけそうだよな……よし!!　そうと決まれば!!」

オークを倒した場所から歩みを進めてボス部屋を目指す。

【魔法矢《マナ・ボルト》】を作る魔力を残すために一切戦闘《いっさいせんとう》はしない。オークを見かけたら近づかずにハイオークのいるボス部屋まで一気に駆《か》け抜《ぬ》ける。

「よしっ！　着いた!!」

扉《とびら》は……開いてるな。

ここで扉が閉まってたら、誰《だれ》かがボスに挑《いど》んでるか戦闘《せんとう》の途中《とちゅう》でボス部屋から離脱《りだつ》してボスが受けたダメージを回復してる最中。そうじゃなかったらボスが倒されて一分経っていなくてまだ再出現《リポップ》されていないという事になる。

まあ、開いてるなら好都合。

「よーし……行くぞ!!」

俺は勢いよく部屋に飛び込《こ》み、後ろで扉が閉まる音を聞きながらすぐに【魔法矢《マナ・ボルト》】を構える。

ハイオークはオークに長い毛が生えて、牙《きば》が大きく、長くなったようなモンスターだ。その大きさはだいたい5メートルぐらいでHP、攻撃力、防御力のステータスが高いTHE・脳筋といったようなモンスターになっている。

「シッ!!」

そして、ハイオークを視界に捉《とら》えてからすぐに【捕捉《ロックオン》】スキルを使って【魔法矢《マナ・ボルト》】で作り出した透明な矢を弓につがえてハイオークに向けて射つ。

「ブモォオオオ!?」

矢は真《ま》っ直《す》ぐにハイオークの顔面めがけて飛んでいき、直撃《ちょくげき》した。

だけど、油断しないでそのまま移動し続けて矢を射ち続ける。

ただ、普通のDランクのモンスターならまだしも、ボスになってステータスが強化されてるハイオークは数撃与《あた》えただけでは倒れてくれなかった。

「ブモァァァアアッ!!」

「まあ……そうだよな……」

俺が攻撃している間にハイオークも反撃《はんげき》しようと棍棒を振り回してきたり、腕《うで》を振るったりしてくるがそれをこれまでのソロとしての活動を存分に活《い》かして避けながら矢を射っていく。

射った矢が刺さることはないけど、それでも十分ダメージを与えていきハイオークに傷をつける。

「……ッ!!」

そうやって避けながら矢を射って九回目。

ようやくハイオークの身体に異変が現れた。

「ふぅ……やっとか」

やっとハイオークの身体に大きな傷が目立ち始めて息も切れ始めた。

やっぱり今までのEランクのモンスターとは文字通り格が違うな……

「ブモァァァアアッ!!」

すると、ハイオークは雄叫《おたけ》びを上げながらさっきよりも大きく棍棒をめちゃくちゃに振り回しながら俺に向かって突進《とっしん》してくる。

「おっと」

それを避けるために弓に透明な矢をつがえながらバックステップで距離を取る。

「……あっ……」

だけどこの時俺は失敗を悟《さと》る。

まず、俺は突進してきたハイオークから距離を取るためにかなり力を入れてバックステップをした。

そして、俺がバックステップした場所は扉の近くだったわけで……
Q. 扉の近くで思いっきり後ろに下がったらどうなるでしょう？
A. 扉が開いてボス部屋の外に出ます。
「……嘘《うそ》だろぉぉぉおお!!?　ぐへぇっ!!」

扉が開いて、バックステップをした勢いのまま俺の身体はボス部屋の外に転がっていく。

待って！　ボス部屋から出るのはまずい！

ボス部屋から出た瞬間にボス戦は強制的に中断され、直前の戦闘で受けたボスのＨＰが回復するまで扉が閉まって開かなくなってしまう。

そうなるとまた一からやり直しになってしまう。

それだけは絶対に嫌《いや》だ!!

「くそっ!!」

俺は慌《あわ》てて体勢を立て直してゆっくりと閉まっていっている扉に急いで入ろうとする。

しかし、時《とき》すでに遅《おそ》し。

扉は無情にも完全に閉まりきってしまった。

「やらかしたぁ……」

せっかくあそこまで戦えてたのに……

初めてのボスソロ討伐の挑戦だったから慎重《しんちょう》に行き過ぎたのか。

ステータスを開いてＭＰを確認すると消費していたＭＰは１８０。

つまり九回ハイオークに【魔法矢《マナ・ボルト》】を当ててたことになる。

それであれだけボロボロだったってことは……

「本当にあと一回、二回ぐらい当ててれば倒せてたんだなぁ」

まあ、やらかしてしまったことは仕方がない。

「ここは一旦《いったん》休んでもう一回……うん？　なんだこれ？」

なにか視界と感覚がおかしい。

視界は意識してないのに自然と扉に向けられるし、扉の向こうに何か繫《つな》がってるような感じもする。

本当になんだこれ？

こんな感覚今までの探索者生活で初めてのことだ。

「……初めて？　もしかして!!」

俺はその不思議な感覚を確かめるためにその辺に落ちていたただの石を手に取り扉に向かって投げる。

普通だったらただ投げただけだから扉に当たって地面に落ちる筈《はず》だ。

だけど俺の予想が正しかったら……

「ッ！　やっぱり!!」

俺の予想通り投げた石は地面に落ちることなく扉に向かってまるで磁石を使ってるかのように扉にくっついて、物理法則を無視している。

「そうか！　ここでも【捕捉《ロックオン》】の必中効果が発揮されてるんだ!!」

今投げた石も俺がハイオークに遠距離攻撃をしたって判定になってて必中だけど扉に遮《さえぎ》られて物理的にそれ以上進めないから扉にくっついているのか！

だけどそういうことなら！

俺は思い付いたことを試すために【魔法矢《マナ・ボルト》】で透明な矢を作り出して弓につがえる。

俺のユニークスキル【魔法矢《マナ・ボルト》】は魔法のように火や風に変換《へんかん》しないでそのままのMP、つまりダンジョンの空気中を漂《ただよ》っている魔素と同じものを使って矢を作り出すことができるものだ。

その性質もあって【魔法矢《マナ・ボルト》】で作り出した矢は実体を持たない。

これは以前オークが防御《ぼうぎょ》に使った棍棒をすり抜けてオークに当たったことがあって、それで確認済みだ。

当たれ、と念じたら生物は無理でも無機物はすり抜けて目標に当たってくれるんだからありがたいよ。

「よし……シッ!!」

そして扉に向かって透明な矢を射つ。

俺の射った矢は扉をすり抜けてボス部屋の中に飛んでいく。

「……どうだ……」

『レベルが３上がりました』

「……!!」

レベルが上がったシステム音が聞こえてきたのを確認してさっきまで扉についていた石が地面に落ちたことも確認する。

そして、少し緊張《きんちょう》しながら扉を見つめていると扉がゆっくりと開き始める。

「やった！　成功だ!!」

ボス部屋の中を覗《のぞ》くと透明な矢が胸に突き刺さっているハイオークの死体がそこにあっ

た。

「……！　よっしゃぁああ!!」

俺は力強くガッツポーズをする。

初めてだ！　初めてボスをソロ討伐したんだ！

案内人《ナビゲーター》ってバカにされてた俺が！

しかも絶対に他の人にはできないような方法で！

それにソロ討伐だったから経験値もうまい！　レベルが一気に3も上がった！

「これはもしかしたらもっと上のランクのダンジョンでも通用するんじゃないのか!!」

ヤバい！　夢が膨《ふく》らんでくるぞ！

だけど普通の人よりも安全に早く強くなれるのは間違《まちが》いなさそうだ。

MPを考えるとあともう一回挑戦できそうだな。

「じゃあ死体を回収して……と」

ハイオークの死体を【アイテムボックス】で回収してボス部屋から出る。

「よーし！　さっきのを利用してもう一回だ!!」

俺は気合いを入れ直してもう一度ハイオークに挑む為《ため》に一分待ってから扉の開いたボス部屋に入るのだった。

あの後、再出現《リポップ》したハイオークを【捕捉《ロックオン》】スキルを使ってボス部屋の外からペチペチ【魔法矢《マナ・ボルト》】を射ち続けて一方的に倒した俺は死体を換金《かんきん》してきて誰もいない家に帰ってきた。

家に入ってすぐにリビングに行き、ソファーに転がる。

今日はなんか色々ありすぎて身体も頭もくたくただ。

正直このまま寝《ね》ちゃいたい。

「ふぅ〜疲れた〜」

「だけどまだやりたいことがあるんだよな」

そう呟《つぶや》いてから【アイテムボックス】からスマホを取り出す。

調べるのはＦランクのダンジョン。

そして出てくる複数のランクのＦダンジョンについての情報と動画サイトのＰｏｕｔｕｂｅに投稿《とうこう》されている「Ｆランクダンジョンの攻略《こうりやく》！」や「モンスターの倒しかた！」といったタイトルの動画だ。

この二つは俺が強くなるために必要な知識であり、情報でもある。

特にモンスターの倒し方に関してはソロで戦う上で一番重要なことだからな。

「……さて、どのダンジョンにするかな」

こうして俺がさっきまで潜ってた巌窟のダンジョンみたいなＥランクのダンジョンじゃ

なくてFランクのダンジョンについて調べているのにももちろん理由がある。

「ステータス」

天宮楓《あまみやかえで》
レベル84
HP：860／860　MP：440／440
攻撃力：156（+52）
防御力：106（+12）
俊　敏：156（+57）
器　用：256（+147）
精神力：241（+152）
幸　運：50
BP：0
SP：30
スキル：【魔法矢《マナ・ボルト》Lv.10】【弓術Lv.5】【鷹の目Lv.2】【アイテムボックスLv.1】【捕捉《ロックオン》Lv.1】

開いたステータスを確認する。

確認する項目《こうもく》はＭＰ。

俺の現在のＭＰが４４０。

そして【魔法矢《マナ・ボルト》】で一回に使うＭＰは20。だからＭＰを全部使うとしても二十二回【魔法矢《マナ・ボルト》】を使うことができる。

対して、一体のハイオークに使う【魔法矢《マナ・ボルト》】を使う回数が約十回。

これは後頭部や首、心臓のある左胸なんかのハイオークの弱点に当たればダメージが増えるから変わるけどそれでも一回変わるか？　といった感じだ。

つまり何が言いたいかというと。

「いくら一方的にハイオークを倒せるとは言え二体だけじゃあなぁ」

ということだ。

……圧倒的《あっとうてき》にＭＰが足りない！

いくら防御力と体力のステータスが高いハイオークとはいえ【魔法矢《マナ・ボルト》】を十回当てないと倒せないなんて流石《さすが》に効率が悪すぎる。

ＭＰも一時間で60ぐらいしか回復しないから一回ＭＰが尽《つ》きたら約四時間経たないとハイオークを倒せない。

それだと一日ダンジョンにいるとしてもだいたい五匹ぐらいしか倒せない計算になる。

それは流石に勘弁《かんべん》してほしいから確実に防御力がEランクのダンジョンより低いだろう一つランクを落としたFランクのダンジョンに行こうと思ったわけだ。

そんなことでしばらくスマホの画面をスクロールして良さそうなダンジョンを探していく。

……お、このダンジョン良さそうだな。

「……よし！　決めた!!」

＊　＊　＊

翌日。

「ここが湿地《しっち》のダンジョンか」

俺は家から電車で三駅ほど離れた所にある湿地のダンジョンに来ていた。

このダンジョンは俺が今まで行ったことのある巌窟のダンジョンのような洞窟《どうくつ》型のダン

ジョンではなく、ダンジョンの名前通り湿地が広がっているダンジョンだ。

そして、湿地なのと出てくるモンスターもあってかなり不人気のダンジョンになっている。

その証拠《しょうこ》として日曜日の十時という一番ダンジョンに人が来る時間のはずなのに人が一人も見当たらない。

「まぁそんなことはどうでもいいや。俺《おれ》としては好都合だからな」

周りに人がいないってことは俺が変なことしてもバレないってことだし。

これならボスをしばらく占領《せんりょう》しても文句を言う奴《やつ》はいないだろう。

「よーし！　そうと決まれば早速行くぞ‼」

俺は意気揚々《いきようよう》とダンジョンの中に入る。

ちなみに装備は昨日と同じ物で、武器はその辺に売っている木製の弓。それに左胸を守る革鎧《かわよろい》。

こんな感じだ。

あとは革《かわ》の籠手《こて》と脚甲《きゃっこう》があるけどあいつらはここでの戦いについてこれそうにないから置いてきた。

まあ、あっても今回のモンスターには一切《いっさい》役に立たなそうだっただけなんだけどな。

そんなこんなで湿地のダンジョン一階層——

「え～っとボス部屋は確か……」

——は無視！

ボス部屋にたどり着くまでに出てくるモンスターは全てスルーだ！

今回の目的はボスだからボス部屋を見つけたらそこで【捕捉《ロックオン》】を使ってハイオークと同じようにボスだけをペチペチ射《う》つだけでいいんだからわざわざボス以外と戦う必要は無い。

というかこのダンジョンはモンスターと戦う意味が無かったりする。

「ボス部屋までのルートはPｏｕｔｕｂｅで調べてきてあるしな」

一応昨日のうちに湿地のダンジョンのボス部屋までのルートは調べておいたからボス部屋まで迷わず進める。

流石にダンジョンの中まで電波は飛んでないからスマホは使えないからルートの再確認《かくにん》は出来ないけど大丈夫《だいじょうぶ》でしょ。

……大丈夫でしょ！

「……って言ってるとうまくいかないもんだよねぇ……」

俺は階段の前にいるスライムを見てため息をつく。

今俺がいるのは二階層。

そして、ボス部屋のある三階層に下りるための階段の前。

その階段を通さんと言わんばかりにスライムがプルプルしながら階段の前に陣取《じんど》っていた。

スライムには自我《じが》はないらしいから本当に偶然《ぐうぜん》なんだろうけど。

「まあいいや。さっさと倒《たお》すか」

Ｐｏｕｔｕｂｅやネットで調べた通りだったらスライムは核《かく》になってる魔石《ませき》があるはずなんだけど……

「あ、あれか」

お腹《なか》辺り？　かな。そこをよく見ると丸い球体があった。

あれが魔石だな。あれを壊《こわ》せばそれだけでスライムは倒せるはずだ。

「それじゃあ遠慮《えんりょ》なく」

そうして俺は【魔法矢《マナ・ボルト》】で透明《とうめい》な矢を作って弓を構える。

「【捕捉《ロックオン》】」

狙《ねら》うのはあの丸い球体。

「シッ!!」

短く鋭《するど》く声を出して矢を放つ。

矢は真っ直ぐに球体に向かっていき、球体に命中した。

矢が命中して球体が砕《くだ》けると、スライムもプルプルとした形を崩《くず》してただの液体になる。

そしてそのまま地面に液体が広がって湿地の水と混ざっていく。

「おお……こうなるのか」

魔石である核を破壊《はかい》して倒したから魔石は回収できない。回収できるのはこの液体だけだ。

まあ、湿地の水と混ざっちゃったから回収も糞《くそ》もないな。

「まあ、今回は回収する必要はないからいいか」

これがスライムの死体を集める依頼《クエスト》だったらブチギレる自信があるけどな。

そしてそのまま俺は次の階に行くために階段を下りていく。

次の階層は三階層。

情報通りならこの階層がボス部屋のはずなんだけど……

「お、あったあった」

階段から少し歩くと大きな扉があった。

ここは二階層までの湿地じゃなくて洞窟型のダンジョンと同じように洞窟のような感じになってる。

うん、間違いなさそうだ。

他のダンジョンと同じような扉があるしここがボス部屋だな。

よし。さっきのスライムみたいに俺の侵入《しんにゅう》を阻《はば》むようなモンスターはいないしサクッと入りますかね。

俺はゆっくりと扉の開いているボス部屋に入る。

中に入るとそこはこれまでと同じように湿地になっていて空気はじめじめしていて地面は水浸《みずびた》し。

あちこちに水溜《みずた》まりがあって沼《ぬま》もいくつかある。

だけどボス部屋だというのにどこにもボスの姿は見えない。

「知ってはいたけど確かにこれは不人気になるわ」

俺は今回不人気のダンジョンを選んだけど、このダンジョンが不人気な理由がまさにこれだ。

この湿地のダンジョンはその名の通り湿地のような環境《かんきょう》になっているから足下《あしもと》が悪く空気もじめじめしている。

それに加えてちょくちょくスライムが水溜まりや沼から襲《おそ》いかかってくるかららしい。

それでスライムには自我がないっていうんだからおかしいだろ……絶対狙ってる。

それはこの湿地のダンジョンのボスであるメガスライムも例外ではないらしいけど……

「ま、俺には通用しないんだけどな【捕捉《ロックオン》】」

確かに今はメガスライムの姿が見えないけど俺の【捕捉《ロックオン》】からは逃《のが》れられない。

「見つけた‼」

俺の視線が自然と右斜め方向の沼に向く。

距離は目測で50メートルぐらいか？

【捕捉《ロックオン》】スキルを手に入れる前の俺なら外すこともあっただろうけど今の俺なら十分当てられる距離だな。

「シッ‼」

俺はまた短く鋭く声を出しながら矢を射つ。

放たれた矢は一直線に沼に向かい、沼に沈《しず》んでいく。

これでメガスライムの核に当たってくれてたら楽なんだけど。

「……まあ、そんな簡単にはいかないか」

俺がそう呟いた瞬間。

ボコォン‼　と音を立てて水面が盛り上がった。

盛り上がってきたのはもちろん俺の矢が沼に沈んでいった場所。

「でっか……」

そこにはスライムがそのまま大きくなったかのような巨大《きょだい》なスライムがいた。

実際には初めて見るけど大きさはだいたい5メートルぐらいはあるか。

「【捕捉《ロックオン》】……よし。それじゃあ……逃《に》げるんだよぉ!!」

俺はそう叫《さけ》ぶと同時にその場から全力で走り出す。

正面からやりあっても負けないだろうけど、やっぱり安全圏《あんぜんけん》で攻撃できるならそれに越《こ》したことはない。

もうメガスライムの核は確認したし逃げても問題なし！

ボス部屋の外に出られれば俺の無条件勝利だ。

まあ俺の俊敏《しゅんびん》ステータスに対してメガスライムはそこまで移動速度《そくど》が速いわけじゃないからそのまま扉まで行ってボス部屋から脱出《だっしゅつ》する。

俺が出るとすぐに開いていた扉は俺の射った【魔法矢《マナ・ボルト》】一回分のダメージを回復させるために扉は閉まった。

「よし！　作戦成功!!」

ボス部屋から逃げ出せればこっちのものだ。

俺はまた【魔法矢《マナ・ボルト》】で透明な矢を作り出して弓につがえる。

後は扉の方を狙って――

「シッ!!」

――射つ！

ヒュンという風切り音を鳴らしながら飛んでいった矢は狙い通りに扉に向かう。

そしてそのまま矢は扉をすり抜けてボス部屋の中に入っていく。

『レベルが1上がりました』

「……よし!!」

レベルアップの通知音が聞こえてきたってことはしっかりスライムの核に矢が当たったったか。

それにしてもやっぱり細かいところも狙えるのか。

逃げる前に核を【捕捉《ロックオン》】しといたけど一撃《いちげき》だから効果はあったっぽいな。

そして、レベルアップの通知音と共にボス部屋の扉が開いていく。

まあ今回、魔石は核になってて破壊しちゃったから回収はできないし、死体はあの液体だし必要ないからまた再出現《リポップ》するまでボス部屋には入らないんだけど。

「それにしても二回か」

メガスライム一体につき【魔法矢《マナ・ボルト》】を使ったのは二回。

誘《おび》き出すのに一回、仕留めるのに一回使っただけ。身体だけでなく、弱点の核を狙い射っているからこそできる効率の良い倒し方だ。

つまり、今の俺なら後二十二回メガスライムを倒せるな。

いや、自然回復するＭＰを考えるともうちょっといけるか？

「これならレベルはどのぐらい上がるかな」

そんなことを期待しながら俺はまた扉の開いたボス部屋に入ってボスに挑むのだった。

結局あの後俺は、六時間ほどボスを周回してようやく湿地のダンジョンから出てそのまま足で家まで帰った。

ちなみに六時間、誰もボス部屋に来ることはなかったからひたすらメガスライムを狩《か》りまくってたりする。

だけどその結果。

「やっとレベルが１００を超《こ》えたな」

天宮楓《かえで》
レベル１１２
ＨＰ：１１４０／１１４０　ＭＰ：５８０／５８０

攻撃力《こうげきりょく》：184（+52）
防御力《ぼうぎょりょく》：134（+12）
俊敏《しゅんびん》：184（+57）
器　用：284（+147）
精神力：409（+292）
幸　運：50
BP：0
SP：170
スキル：【魔法矢《マナ・ボルト》Lv.10】【弓術《きゅうじゅつ》Lv.5】【鷹《たか》の目Lv.2】【アイテムボックスLv.1】【捕捉《ロックオン》Lv.1】

「う〜ん……精神力だけ片寄りがひどいな」

まあ、それも俺がレベルが上がったら【魔法矢《マナ・ボルト》】の攻撃力を上げるためにBPは全部精神力に注《そそ》ぎ込んだからなんだけどさ。

でもそのお陰《かげ》でメガスライムはどこに矢を当てても一撃で倒せるようになったし魔石も回収できるようになったしで万々歳《ばんばんざい》だ。

「でもこれからは他のステータスにもちゃんとBP振《ふ》るか〜……」

このままだとこれまでは良かったけどもっと上のランクのダンジョンに行ったら俺が矢を射つ前にやられそうだ。

あと普通《ふつう》に魔法使《まほうつか》いのステータスになっちゃうからそれは勘弁してもらいたい。

「ま、それは今度考えるとして。SPも大分溜《た》まってきたな」

ステータスのSPをじっと見つめる。

俺の視界に見えているのは170という数字。

「ここまで溜めたんだからそろそろ使うか。どうするかな」

そう言いながら俺は少しの間考える。

まあ、今は欲《ほ》しいスキルがあるんだよな。

あ、でもスキルレベルも上げたいし……

「……よし！　決めた!!」

【鑑定《かんてい》Lv.1】：**10SP**
【アイテムボックスLv.2】：**10SP**
【MP増加Lv.5】：**80SP**
【捕捉《ロックオン》Lv.5】：**70SP**

――――


「やっぱりこの四つだな」

俺はそう呟きながらステータス画面を操作してスキルを取ったりスキルレベルを上げていく。

とりあえずこれでSPはすっからかんだけどそれに見合うものはあると思う。

【捕捉《ロックオン》】スキルを除いた三つのスキルはどれも俺が必要だと思ったスキルだ。

【鑑定】スキルはLv.1だけどモンスターのHPを確認するために取ったスキルだ。

Lv.1だとモンスターの名前、HP、MPまでしか見られないけど元からHPだけを確認するために取ったからこれで問題なし。

次の【MP増加】は文字通りMPを増やす効果があって、その効果はスキルレベル1ごとに100増える。だから今のスキルレベルは5だから500増えてるってわけだ。

それだけで【魔法矢《マナ・ボルト》】が使える回数が二十五回も増えてる。

そう考えると結構とんでもないな……

でもその分ボスの倒せる回数も増えてくれるし取った瞬間《しゅんかん》スキルレベルを5にしたのは間違えてないと思う。

あとは【アイテムボックス】と【捕捉《ロックオン》】スキルだけど【アイテムボックス】はただ単に

容量を増やしたかったから。

そして【捕捉《ロックオン》】スキルは……

「特に変わったことはなしと……いや何でだよ‼」

せっかく70ＳＰも使ったのに効果がなにも変わらないって……

「だけどなにも変わらないなんて流石におかしいな……ちょっと調べてみるか。え～っと【捕捉《ロックオン》】スキルっと」

とりあえずスマホを取り出して【捕捉《ロックオン》】スキルと検索《けんさく》をかける。

偉大《いだい》なＢｏｏｂｌｅ《ボーブル》先生ならきっと詳細《しょうさい》を教えてくれるはず。

「……あれ？　見つからないな？」

おかしい、確かに捕捉《ロックオン》を調べたぞ？

なのに出てこない？

「……まさか……」

俺は嫌な予感を感じながらもう一度捕捉という文字をタップして検索する。

今度は検索する言葉の中にどこにも間違いがないかをしっかりと確認してからだから大丈夫なはずだ。

これで出てこなかったら……というか覚えがあるなこの行動。

具体的に言えば去年の俺の誕生日に。

「ないな……」

スマホの画面をスクロールして一つ一つ丁寧《ていねい》に探していくが結果は同じだった。

いくら検索しても【捕捉《ロックオン》】スキルに関する情報はどこにもなかった。

「嘘だろおい……」

俺は現実が信じられず呆然《ぼうぜん》としてしまう。

「やっぱりユニークスキルかよ……」

右手で顔を覆《おお》い隠《かく》しながら天を仰《あお》ぐ。

やばいなこれ、マジでヤバい。

てか道理でさっきの行動に覚えがあるわけだよ。

去年の俺の誕生日にも同じような行動をしてたし。

「てかこればれたら不味《まず》いよな。ユニークスキルを二つ持っている人なんて聞いたこともないし……」

今の世界の経済はダンジョンが根幹を担《にな》っているといっても過言ではない。

エネルギーになる魔石、様々な用途《ようと》に使われるモンスター達《たち》の素材などを産出しているのがダンジョンなのだ。

それらを取りに行くのは探索者《たんさく》。つまり各国は優秀《ゆうしゅう》な人材を確保するために必死になっている。

その優秀の代名詞がユニークスキルという強力なスキル。

俺みたいな一部のユニークスキルを除いてユニークスキルっていうのは強力なスキルばっかりだ。

今だってユニークスキルを持ってるというだけで税金が免除《めんじょ》されてたりとかなり優遇《ゆうぐう》されているし、他の国だったらユニークスキル持ちを増やすためという理由で一夫多妻、一妻多夫が許されてるんだ。

そんな状況《じょうきょう》で二つ目のユニークスキルを持っている人間が現れたら……

「実験体、モルモット。よくてずっと監視《かんし》生活」

大袈裟《おおげさ》だと思うかもしれないけど、それだけユニークスキルというのは重要視されているってことでもあるんでユニークスキルを二つ持っているなんてことがばれたら今の自由な生活なんて絶対に許されないだろう。

「……どうしよう」

これは本当に困ったことになった。

まあ幸いにも【捕捉《ロックオン》】スキルは見ている人にばれにくいスキルだし、誤魔化《ごまか》しやすいからこれからこのことは全力で隠すことにしよう。

そうしよう。

「ん〜！　いい朝だ!!」

チュンチュンと小鳥達が鳴く声を聞きながら家の玄関《げんかん》で大きく伸《の》びをする。

今日もいい天気だ。

空を見上げると雲一つない青空が広がっている。

絶好のダンジョン日和《びより》だな。

まあダンジョンの中だと天気は関係ないんだけど。

「さてと……今日もまた湿地のダンジョンに行きますか!!」

第３章　子供と魔犬のダンジョン

　というわけでボスの討伐《とうばつ》の回数を増やすために朝早くから湿地のダンジョンのボス部屋までやってきた。

　昨日でかなりレベルが上がったし【ＭＰ増加】のスキルも取ったからあとはひたすらメガスライムを倒し続けるだけだ。

　というわけで……

「行ってみよー!!」

　そう言って湿地のダンジョンまで移動してきた俺はダンジョンに足を踏《ふ》み入れて一直線にボス部屋まで向かう。

　途中《とちゅう》にスライムも沼や水溜まりから飛び出して襲いかかってくるけどレベルが上がってステータスも上がった今となっては簡単に避《よ》けられる。

　普通にその場にプルンと瑞々《みずみず》しい輝《かがや》きを放って佇《たたず》んでいるスライムもいたけどそこはスルーして横を通り抜《ぬ》けた。

そして、昨日みたいにまた階段にスライムがいるなんて事はなく、そのまますんなりとボス部屋にたどり着く。

「よし！　それじゃあボス戦行くか！　今日は何回倒せるかな!!」

俺は意気揚々と扉《とびら》が開いているボス部屋の中に入る。

そして昨日と同じようにメガスライムを倒し続けていった……ところで十回程倒《ほどたお》した辺り。

ある問題が起こっていた。

「レベルが上がらなくなってきたな」

メガスライムを倒してもレベルが上がりにくくなってきた。

まあ単純に俺のレベルが上がりすぎて必要経験値が上がってるんだろう。

最初はハイオークを一体倒すだけで3レベル上がっていたのに、今はメガスライムを二十体ぐらい倒してようやく1レベル上がるぐらい。

「流石にこれは効率が悪すぎるな……」

MPは【MP増加】のスキルを取ったしメガスライム一体あたり【魔法矢《マナ・ボルト》】一回しか使わないからMPには余裕《よゆう》がある。

だけどレベルアップをしたいからこうしてボスのメガスライムを倒しているのに流石に

二十体で1レベルは低すぎないか？

しかもこれからさらにレベルが上がりにくくなるってことだろ？

「……そろそろまたEランクのダンジョンに戻《もど》るか？」

こうなったらレベルを上げるにはもっと高レベルのモンスターが出る場所に移動した方がいいな。

……あとレベルが上がりにくいっていうのもあるんだけどメガスライムの倒し方のせいで途中まで魔石の回収が不可能だったから稼《かせ》ぎが少ないんだよね。

幸いにも俺は同じ遠距離《えんきより》武器でも銃《じゅう》とは違《ちが》って【魔法矢《マナ・ボルト》】を使えるから弾《たま》代とかには困ってないから稼ぎがマイナスになってないけどそれでも生活というものがあるからな。

うん。世知辛《せちがら》いけどそういう意味もあるからそろそろEランクのダンジョンに戻るか。

いや、でもな……うん。

「行くのはDランクのダンジョンだな」

これから行くとしてもEランクのダンジョンではなくてDランクのダンジョン。

今いるFランクから二つランクの上がったダンジョンだ。

もちろんEランクのダンジョンじゃなくてDランクのダンジョンに行くのはちゃんとした理由がある。

確か俺が初《はじ》めてボスをソロ討伐してハイオークを倒した時に上がったレベルは3だったはずだ。

あの時に上がったレベルが3ならいくらボスになって強化されててもレベルが上がってそのうちメガスライムと同じように数体倒さなきゃいけなくなってるだろう。

流石にそれはまた今回と同じようなことになりそうだから却下《きゃっか》。

だったら最初から多少強さに差はあってもレベルが上がりやすいダンジョンに行った方がいい。

まあ、最初の方はハイオークを倒していた時みたいに数は倒せないだろうけどそれは仕方ないか。

「となるとどこのダンジョンに行くかなんだけど……一旦《いったん》ダンジョンの外に出るか」

スマホを出して調べようとしてもダンジョンの中で電波が届いてないことを思い出して【アイテムボックス】から出そうとしたスマホをしまい直す。

うん。ダンジョンの中だと電波が届かないしメガスライムを倒す必要もないからここにいる意味はもうないな。

ということで湿地のダンジョンに入って一時間もしないうちに来た道を戻って地上に戻る。

ダンジョンの外に出ると元から雲一つなく晴れてたのもあって日が昇《のぼ》って眩《まぶ》しい日差しが照りつけてきた。

日差しを手で遮《さえぎ》りながらそのままゆっくり出来るところに少し移動する。

「よっこいせっと。さ～てと、どこのダンジョンに行くかな」

ダンジョンの近くにあった公園の木陰《こかげ》のベンチに座《すわ》ってスマホを取り出す。

う～ん、ここから近いDランクのダンジョンとなると……

「見事なまでにボス部屋に行くまで面倒《めんどう》なダンジョンばっかりだな……」

Dランクのダンジョンともなるとかなり難易度が上がってきていて出てくるモンスターの厄介《やっかい》さも増している。

そして純粋《じゅんすい》な強さもかなり強くなっている。

まだ強さが格段にはね上がるCランクダンジョンよりはマシだけど、今の俺ではソロなのと弓を使っているのもあってこの付近のDランクダンジョンは簡単には攻略出来ないようなものばっかりだ。あまり無茶《むちゃ》をすると最悪、ボス部屋に行くまでに湧《わ》いてくるモンスターに阻《はば》まれ、力尽《ちからつ》きてしまうリスクもあるけど……。

「まあ、どのみちいつかは行かなきゃだったし丁度良かったと考えるべきか」

そう考えて俺はスマホで地図アプリを開いて目的のダンジョンを探す。

条件はレベル上げのしやすい【魔法矢《マナ・ボルト》】が効きやすい防御力の低いモンスター。

それと俺がボスの討伐をしている姿を見られないようにするために不人気、つまり評価が低くなってるダンジョンを選ぶ。

「お、あった」

しばらくスマホの画面をスクロールし続けると、ここから電車で一時間ぐらいの場所に俺が考えてた条件に合うダンジョンがあった。

まあこれからも通うとしたら家からちょっと遠いけどこればっかりはしょうがないな。

「ちょうど十時だから今から行けば昼前には着くかな」

それにこのダンジョンは駅から歩いて二十分くらいの場所にあってそこまで遠くない。

だからそんなに時間を無駄《むだ》にしなくて済むからそこもポイントだな。

これから着くのに一時間で十一時頃《ごろ》になるから、あっちで少し何かお腹に入れてからダンジョンに入った方がいいか。

「よし！　そうと決まれば早速《さっそく》出発!!」

そう言ってベンチから勢いよく立ち上がって駅の方に歩き出す。

目指すはDランクのダンジョン……いざ出陣《しゅつじん》！

「くあぁぁぁ～着いた～!!」

あれから電車に乗って一時間。

電車の中では座りながらこれから向かうDランクのダンジョンについて調べたり動画を見たりしたから退屈《たいくつ》はしなかったけどそれでも一時間はやっぱり長かった。

一時間座ってたから身体が固まってきて伸びをしたら腰《こし》からパキッって音が聞こえてくる。

「ここがダンジョンがある町か……」

駅を出てすぐ見えたのは木々が生い茂《しげ》った山で、その麓《ふもと》に木造の家が建ち並んでいる小さな町。

そして、俺が今立っている場所が駅で、少し進んだ先には大樹《たいじゅ》が中心に生えた広場が見える。

スマホでダンジョンの場所を検索しても山の辺りにダンジョンは一つしか無いから、目的地のDランクのダンジョンがある町はここで間違《まちが》いないだろう。

「なるほど。ダンジョンは山の方にあるのか」

だけどこの町を一目見てとりあえず町と言ったけど、よく見てみるとどちらかと言うと村とかそっちの方が合ってる気がする。

駅の近くに商店もあったからそこでおにぎりを買って広場まで歩く。

遠目に見えた普通の家なんかもあったけど、どちらかと言うとこの村は畑の方が多くて自然が多い印象だ。

「のどかで良いところだな～」

ここ一年間都心から離《はな》れずにずっとダンジョンで命のやり取りをしてたからかこういう田舎《いなか》みたいな風景を見ると心が落ち着いてくる。

それに、自然も多いから空気も美味《おい》しい。

そこまで都心から離れてはいないからそこまで違いはないだろうけどそう思っちゃうぐらいにはリラックス出来る環境だった。

「この広場も広いし、いい感じに中心の大樹が日陰《ひかげ》になってくれるし最高だな」

広場のベンチでぼーっとしながらおにぎりを食べる。

うん。そこの商店で買ったおにぎりだけどコンビニとかで買うよりも全然うまい。

おにぎりは三つあって具は鮭《さけ》、梅干し、おかかの定番だけど、鮭おにぎりは鮭がよくほぐされてて塩加減も抜群《ばつぐん》だ。

梅干しは程《ほど》よい酸味があって食欲をそそられるし米の甘味《あまみ》とマッチしている。

そして、おかかおにぎりは鰹節《かつおぶし》と醤油《しょうゆ》でシンプルに味付けされていて、米によく合う。

具が変わり種ではなくシンプルなものだからこそおにぎりの美味しさが口の中いっぱい

に広がっていく。

「こんなことならもっと早く来てたらよかったな」

探索者になって一年間で一気に生活が殺伐《さつばつ》としてたし、もうちょいここの村の存在に気づいて早めに来てりゃ、もっと充実《じゅうじつ》した生活を送ってたかもな。

ゆっくり出来るしご飯は美味しい。いいことずくめだ。

「なあなあ兄ちゃん!!」

そんな感じでゆっくりとしていたら不意に声をかけられた。

声の主を振り返ると、そこには小学校低学年ぐらいの男の子がいた。

……いや、よく見れば高学年くらいかと思うけどなんだろう?

「どうした？　俺に何か用か？」

「おう！　あのさあのさ！　俺、篠山葵《しのやまあおい》って言うんだけどさ！　兄ちゃんその格好、探索者だろ!?　だったらさ、俺をダンジョンに連れていってくれよ!!」

「……え？　ダンジョンに？」

いや、いきなりすぎて何が何やら……

でもまあ、ダンジョンには興味があるらしいけど葵くんはまだ子供。

十八歳《さい》には到底《とうてい》見えないからステータスもないだろうし同じく探索者の資格もない子を

ダンジョンに入れるわけにもいかない。

というか連れてったらダンジョン法違反《いはん》で俺《おれ》が捕《つか》まるわ！

「頼《たの》むよ！　俺はダンジョンに行きたいんだ!!」

「え～っとごめんな。流石《さすが》に子供がダンジョンに入るのは危ないから連れてはいけないんだ」

「そこをなんとか！　俺はどうしてもダンジョンに入りたいんだよ!!」

「……葵くんはどうしてもダンジョンに入りたいの？」

俺がそう聞くと何故《なぜ》か急に押《お》し黙《だま》ってしまう葵くん。

でもすぐに口を開いてこう言った。

「だって、俺が大人になったら探索者になりたいってじいちゃんと母ちゃんに言ったんだけどさ、危ない！　って言って反対されてさ……」

「……」

「探索者は危ないからこれからも畑の世話をしてこいって言われてさ！　でも俺は探索者になりたいんだよ!!」

「そっか……」

これは今のダンジョンがある時代によくあることだった。

ゲームみたいな世界に憧《あこが》れた子供達が探索者を夢見て、それを子供達の親が子供に危険な目にあってほしくないと言って止めようとする。

俺の母さんと親父《おやじ》も似たようなもんだった。

俺が中学に上がる前に母さんと親父は事故で亡《な》くなってしまったけど、俺に危険な目にあってほしくないと必死に説得された記憶《きおく》がある。

「だからお願いだよ！　俺をダンジョンに連れていってよ‼」

「やっぱり葵くんには悪いけどダンジョンには連れていけない」

「……ッ！　なんでだよ‼」

「葵くんがまだ子供だからだ。探索者としての資格がない、それに、そもそもステータスもないというのは危険すぎる」

「それは……そうだけど……」

「それに、きっと葵くんのお母さんもおじいさんも葵くんのことが嫌《きら》いだから反対してるわけじゃないんだ。逆に葵くんが大好きだから危険なダンジョンには行ってほしくないと思ってるだけなんだよ」

俺も最初、母さんと親父に反対されてるのはダンジョンのことを知らないからだと思ってた。

でも、実際には母さんと親父の方がダンジョンのことをよく知ってて、俺が探索者になるのを止めようとしてくれていたんだ。

まあ、それも母さんと親父が死んで、ダンジョンに潜《もぐ》ってから知ったんだけど。

「分かってあげてくれ」

「……ッ！　もういい‼」

俺の言葉を聞いた葵くんは涙《なみだ》を堪《こら》えながら走り去ってしまった。

「はぁ……言わなきゃいけなかったとはいえきついなぁ」

本当はこんな風に言いたくはなかった。

だけど、連れていくわけにもいかなかったし言わないわけにいかない。

「俺がもうちょっと有名人みたいにああやって話しかけられることになれてたらもっと上《う》手《ま》く言えたかもしれないけどな」

テレビにも出る探索者とか人気動画配信者とかだったら同じようなことを言われたりして慣れてそうだから良い断り方を知ってるかもしれないし。

「う～ん。今度からはそういう人達を参考にしようかな」

なんてことを考えつつ再びおにぎりを食べる。

うん。うまい。

やっぱりコンビニで買ったおにぎりよりも断然うまい。

「すみません」

「ん？」

おにぎりを味わっていたらいつの間にかおじいさんが近くに立っていた。

おじいさんは髪《かみ》は白髪《しらが》で、膝《ひざ》も腰も曲がっているけどピンとしてるし力強い歩き方をしているからまだまだ元気そうだ。

「突然《とつぜん》すみませんねぇ。隣《となり》、失礼しても良いでしょうか？」

……まあ、別に断るようなことでもないしいいか。

「……どうぞ」

俺がそう言うとおじいさんは礼を言って俺の隣に座った。

「先程《さきほど》はわたくしの孫が大変ご迷惑《めいわく》をおかけしました。申し訳ありません」

おじいさんは隣に座ったと思ったら今度は頭を下げてきた。

えっと……。なんで俺は謝《あやま》られてるんだ？

「えっと……頭を上げてください。孫……ってことはあなたは葵くんの？」

「ええ。わたくしはあの子の祖父です」

なるほど……。

突然の謝罪にびっくりしたけど、そういうことか。

とりあえず隣に座ってきた理由もわかったし、下げてた頭を上げてもらってと。

「それで、なぜ謝られたんですか？　俺はあなたには謝られるようなことはされてないと思うんですけど……」

「いえいえ。あの子が迷惑をかけたでしょう？　ダンジョンに連れていけと。それも難しいことは何度も言い聞かせているのですが……。どうしても探索者になってモンスターを倒《たお》すんだと聞かないものでして……」

「あ～……なるほど」

まあ、高校生以下の年齢《ねんれい》の子供によくあるようなことだ。

年齢が年齢だからあまりグロい映像とか描写《びょうしゃ》の教育が出来ないからモンスターを倒すとかダンジョンに潜るとかの危険性をあまり実感してないのだろうなぁ。

「あの子は父親を魔物暴走《スタンピート》で亡くしていますから、その探索者になってモンスターを倒したいという気持ちもわからなくはないのです。

ですがわたくしもあの子の母親も……そしてきっと亡くなった父親もそんなことはあの子に望んではいないでしょう……」

「それはなんと言いますか……」

まあ、おじいさんの言ってることもわかる。孫には常に危険がつきまとう探索者になってほしくないっていうのも。

だけど、魔物暴走――モンスターが次々と出現してダンジョンから溢《あふ》れ出てくる現象で言うなれば一種の自然災害みたいなものだ。

葵くんからしたら、そんなものに巻き込《こ》まれたから運が悪かった、じゃすまないよな～……。

「もちろんわたくし達もあの子のことはしっかり見ていきます。ですが……今のようにわたくし達の目を掻《か》い潜《くぐ》ってあなた様にご迷惑をおかけしてしまう可能性も高いのも事実です。

もしもそのようなことになってしまいましたら……お手数かもしれませんが何卒《なにとぞ》、何卒《なにとぞ》葵《あおい》をよろしくお願いします」

おじいさんは再び頭を下げてしまった。

「あっ、頭を上げてください!! わかりましたから!! もしもの時はちゃんと俺が葵くんの相手をしておきますから」

「……ありがとうございます。本当にありがとうございます」

顔を上げたおじいさんは本当に嬉《うれ》しそうな顔でそう言った。

まあ、それぐらいなら良いだろう。

特に断るようなことじゃないし、ダンジョンに連れていくわけでもないしな。

「まあ、男の子ならあれぐらいの年頃《としごろ》は少しやんちゃしたりすることが多くなるでしょうからね。男の子らしいですよ」

あれぐらい元気で物怖《ものお》じしないぐらいの方が見てても気持ちいいし。

「ふぉ？　…………ふぉふぉふぉふぉそうですな。あの子は男の子らしいですからな」

俺の言葉に一瞬《いっしゅん》首を傾《かし》げたが、そのあとおじいさんは急に笑い出した。

？　俺何か変なことでも言ったかな？

「……では、そろそろわたくしは失礼します。あの子のことを母親だけに任せるのも申し訳ないので」

おじいさんはそう言うとベンチから立ち上がって頭を下げてから歩いていった。

「葵くん、良かったな。やっぱりおじいさんとお母さんに愛されてるぞ」

俺はそう呟《つぶや》いてから残ったおかかおにぎりを口に放《ほう》り込んでプラスチックの入れ物をゴミ箱に捨ててからベンチから立ち上がる。

「さて、と。気を取り直してダンジョンに行きますか」

葵くんもお母さんやおじいさんだけじゃなくて探索者の俺にも止められたからきっと諦《あきら》めてくれるだろう。

それにお母さんやおじいさんもいるならこのダンジョンのある村に住んでるのもあってダンジョンの危険性は理解しているはずだ。

だから自分で勝手にダンジョンに入らず俺に頼むなんてことをしたんだろうし。

それに葵くんの走っていった方向もダンジョンとは違う方向だし大丈夫《だいじょうぶ》だろ。

そう考えた俺はダンジョンに向けて歩みを進める。

広場から数分歩くだけで見えてきたダンジョンの入り口。

ダンジョンの入り口は山を切り開いて掘ったような造りで木々に囲まれていて入り口の前にも木が生えてたらわからなくなりそうなぐらいだ。

「ここがダンジョンか……よし！　行くぞ‼」

初めてのソロでのDランクのダンジョンだ、絶対に油断せずに行くぞ！

天宮楓
レベル113

HP：1150／1150　MP：1085／1085
攻撃力：185（＋52）
防御力：135（＋12）
俊　敏：185（＋57）
器　用：290（＋152）
精神力：410（＋292）
幸　運：50
BP：0
SP：5
スキル：【魔法矢《マナ・ボルト》Lv.10】【弓術Lv.5】【鷹の目Lv.2】【アイテムボックスLv.2】【捕捉《ロックオン》Lv.5】【鑑定Lv.1】【MP増加Lv.5】

「ここが魔犬《まけん》のダンジョンか」

入り口に入ってすぐ目の前に広がる光景。

そこは洞窟《どうくつ》のような場所で、ゴツゴツとした岩肌《いわはだ》がむき出しになっている。

やってきたのはDランクダンジョンである魔犬のダンジョン。

ここはボス部屋まで十五階層というFランク、Eランクのダンジョンとは比べ物にならない程の規模を誇《ほこ》るダンジョンだ。

最短距離《きょり》でボス部屋まで行っても二時間はかかるらしいし、ボス部屋まで行ってもボスは強化されたCランクのモンスター。

俺にとっては初めて戦うランクのモンスターとなる。

「まあ、とりあえず進むか」

電車の中でボス部屋までのルートを書いた手帳を片手にボス部屋に向かって歩き出す。

Fランク、Eランクまではボス部屋までのルートが単純なのもあってメモしなくても覚えられてたけど、流石に十五階層分のルートを覚えるのは無理だ。

そんなこんなで手帳片手に慎重《しんちょう》に進んでいき、運良く五階層までモンスターと出会わずに来ることが出来た。

「ふぅ、ここまでは順調だな」

手帳を持ってるせいで片手が使えないのもあって細心の注意を払《はら》いながらの道中だったが今のところ問題は起こっていない。

「にしても、本当に広いダンジョンだよな」

魔犬ダンジョンはとにかく広くて入り組んでいる。

ルートを書いた手帳がなかったら確実に迷子になっていたこと間違いなしだ。

「お？」

ちょうど一直線になった通路のかなり先に二足歩行で立っているモンスターが見えた。

【鷹の目《たかめ》】のおかげで視力の上がっている俺の視界にはそのモンスターの姿もハッキリと捉《とら》えられている。

「あれがコボルトか……」

このダンジョンに出てくるＤランクのモンスター・コボルト。

コボルトは、犬の頭をしている二足歩行のモンスターでその強靭《きょうじん》な肉体と鋭《するど》い爪《つめ》と牙《きば》で攻撃《こうげき》してくる。

更《さら》に頭が犬なのもあって嗅覚《きゅうかく》と聴覚《ちょうかく》が鋭く、奇襲《きしゅう》が効かない厄介な敵だ。

あと、攻撃力《こうげきりょく》と俊敏《しゅんびん》のステータスも高くて単純に強い。

このダンジョンが不人気な理由もそんなコボルトに先に気づかれて不意打ちされることがよくあるからだ。

ただ、先に俺が見つけたのもあってコボルトはまだ俺のことを察知していない。

「先手必勝……【捕捉《ロックオン》】」

俺はすぐに手帳を【アイテムボックス】に入れて背中に背負った弓を構えて【魔法矢《マナ・ボルト》】

で作った矢を弓につがえる。

「シッ!!」

そして気づかれる前に射《う》つ！

空気を切り裂《さ》く音を響《ひび》かせて飛んでいった矢は狙《ねら》い通りにコボルトの首筋に命中す……

ることはなかった。

「嘘《うそ》ぉっ!!」

なんと、俺の攻撃に気づいたコボルトは咄嗟に身を翻《ひるがえ》して回避《かいひ》したのだ。

「マジかよ……」

あの距離からの攻撃を避けられると思わなかった……

しかも、コボルトは首への攻撃を警戒《けいかい》してか頭を低くしてこちらに走り出してきている。

けど……

「俺の攻撃は避けられねえよ」

迫《せま》ってくるコボルトの後ろからさっき外れた矢が飛んでくる。

【捕捉《ロックオン》】スキルで必中になった俺の攻撃は絶対に外れない。

そのことに気づいてないコボルトの死角になってる後ろから首筋に矢が突《つ》き刺《さ》さる。

「ガッ……」

矢が突き刺さったコボルトは短く声を上げると同時に動きを止める。

まだ倒れないらしいけど最初から一発で倒せるとは考えてない。

動きを止めたコボルトにもう一度矢を射つ。

矢はコボルトの額に突き刺さり、今度こそコボルトは力尽きたのか膝をついて倒れた。

……よし。レベルは上がらなかったけどDランクのモンスターのコボルトには対応できた。

それに【魔法矢《マナ・ボルト》】二回で倒せるのがわかったし考えられる限り最高の結果だ。

「う～ん。でも、やっぱりFランクやEランクモンスターの時みたいに一撃《いちげき》で倒したかったな」

まあそれでも怪我《けが》なく二回で倒せたしそれでよし！

俺はコボルトの魔石を回収してからまたボス部屋まで歩み出す。

コボルトと遭遇《そうぐう》したらまた同じ方法で倒して、消耗《しょうもう》は最小限にしてボス部屋に辿《たど》り着いた。

「やっとついた……」

ルート通りの最短距離だったけど、十五階層なだけあって結構時間がかかってしまった。

だけど扉は開いてるし【鷹の目】のおかげで上がった視力をフルに使っても、ボスが部屋の中にいるのは見えているし、ボス部屋の中に他の探索者は誰《だれ》もいないな。

まあ、不人気のところを選んでるんだからそうでないと困るんだけど。

……ふう……緊張《きんちょう》するな。

初めてのDランクダンジョンのボス討伐。

しかもステータスが強化されたCランクのモンスター。

正直、正面から戦ったら勝てないと思うけど俺の勝利条件は【捕捉《ロックオン》】スキルを使ってからボス部屋から出ること。

「……よし！　行くぞ‼」

自分に言い聞かせるようにそう言ってからボス部屋の中に足を踏み入れる。

ボス部屋に入るといつも通り扉が勝手に閉まる。

そしてそのまま先に進まず、今回はすぐにでもボス部屋の外に出られるように扉の近くに待機しておく。

ボス部屋の中には巌窟《がんくつ》のダンジョンと同じような広い空間が広がっている。

違う点といえば明るさが自然な光じゃなくて、壁《かべ》に松明《たいまつ》が掛《か》けられて明るさが確保されているところぐらいか。

そして、この魔犬のダンジョンのボスはハイコボルト。

見た目はコボルトのままだけど、大きさはハイオークの半分ぐらいしかない。

だけど、その分小回りが利《き》いて素早《すばや》い攻撃をしてくるモンスターだ。

ボスとしてステータスも強化されてるからさらに手がつけられなくなっている。

「グォォオオッ!!」

「【鑑定《かんてい》】！　【捕捉《ロックオン》】!!」

ハイコボルトが雄叫《おたけ》びを響かせると同時、俺はすぐさま【捕捉《ロックオン》】を発動して姿を捉える。

【鑑定】でHPを確認《かくにん》した結果も事前に調べた通りHPは1500だった。

これで準備完了《かんりょう》だ。

「シッ!!」

扉に下がりながら【魔法矢《マナ・ボルト》】で作った矢をハイコボルトに射つ。

ハイコボルトはコボルトよりランクが高いだけあってスピードも速く、距離もあったから矢は当たらず一度は避けられるがまた戻ってきてハイコボルトの背中に突き刺さった。

そしてハイコボルトのHPが1500から1320まで下がる。

「ダメージは180か」

【捕捉《ロックオン》】もしたしダメージの確認もした。

これならいけそうだ。

「ガァッ!?」

「ぐっ!!」

しかし、ハイコボルトは俺の攻撃に怒《いか》り狂《くる》い、一瞬で距離を詰《つ》めてくると鋭い爪を振《ふ》り下ろしてきた。

それを咄嗟にバックステップで避けてそのままボス部屋の外に出る。

「……あっぶね～!!」

危なかった……今のはマジでやばかった。

ギリギリで攻撃を避けたから良かったけど、あと少し反応が遅《おく》れていたら切り裂かれていた。

強化されたハイコボルトの元々高い俊敏ステータス。

それがとんでもない速さを生み出してる。

俺もこのチートみたいなレベルアップをしてなかったら見えてなかったかもしれない。

そんな相手だ。

「だけどこれで俺の勝ちだ!!」

どんなに速くても、どんなに強くてもボスである限り、魔物暴走《スタンピート》にならない限りボス部屋から出ることはできない。

つまり、俺を攻撃することはできない。

「さてと、んじゃさっさと終わらせますか」

俺はまた背中に背負った弓を構えて【魔法矢《マナ・ボルト》】で矢を作って弓につがえる。

そして扉に向かって弓を構えて弦《つる》を力を入れて引く。

ギシッ

弓から軋《きし》む音が聞こえてくる。

今まで聞こえたことはなかったからレベルが上がってステータスも上昇《じょうしょう》したから弓が耐《た》えきれなくなってきてるんだろう。

自分に見合ったレベルの武器を使え。

まさかそれを自分のレベルが足りないからじゃなくて武器の方が耐えられなくなりそうになって実感するとは思わなかった。

まあ、すぐに対処できることでもないし気をつけながら使うとしよう。

「狙い良し……シッ!!」

狙う先は当然扉。

扉《とびら》の向こうにいるボスに向けて矢を射つ。

射った矢は扉をすり抜《ぬ》けてボス部屋に入っていく。

一回180ダメージなのを考えたらHPが1500のハイコボルトを倒すのにはそれではまだ足りない。

そのまま続けて矢を射っていく。

一回、二回、三回と休みなく射ち続ける。

そして九回目。

計算上これで終わり！

『レベルが15上がりました』

レベルが上がった通知音とともにボス部屋の扉が開く。

俺はボス部屋に入ってハイコボルトの死体を【アイテムボックス】に回収してからボス部屋の外に出る。

すると、俺が出たらボス部屋の扉が閉まっていく。

「勝てたあ～!!」

思わずその場に座り込んでしまう。

今回も何とか勝つことができた！

最初はヒヤッとしたけどどうにかなったな。

「そしてレベルが15レベルアップか……やっぱりソロでCランクモンスターのボスを倒す

と経験値がすごいな」

ハイコボルト一体倒しただけでレベルが15も上がるなんて……

それも九回の【魔法矢《マナ・ボルト》】で倒せるなんて【捕捉《ロックオン》】スキルを手に入れる前だったら考えられないことだな。

これならボス部屋までに使ったMPが回復すればあと四回は倒せそうだ。

それじゃあレベルが上がって手に入れたBPは全部俊敏ステータスに注《そそ》ぎ込んでっと。

これでさっきよりも余裕《よゆう》を持ってハイコボルトの攻撃を避《よ》けられるはずだ。

だからあんなヒヤッとする場面はなくなるはず。

「よっしゃ！　じゃあもう一回行きますか‼」

そして、またボス部屋に入ってハイコボルトに挑《いど》んで同じ行動を繰《く》りかえして倒す。

『レベルが15上がりました』

『レベルが15上がりました』

『レベルが15上がりました』

『レベルが15上がりました』

途中休憩《とちゅうきゅうけい》も入れて合計四体ハイコボルトを倒し終わった。

まだもう一体ぐらいならレベルも上がったし、BPも振り分けたからいけそうだけどここで止《や》めとこう。

帰りの分の【魔法矢《マナ・ボルト》】を使えるＭＰは残しておかなきゃいけないからな。

まあ、今日はここで終わり。

ダンジョンを出て家に帰る。

ダンジョンを出ると時間は夜で辺りは完全に暗くなっていてこの村では街灯と家の明かりがついてるぐらいだった。

そんな景色を見ながら駅に行って電車に乗り家に帰る。

そして、リビングのソファーに腰掛《こしか》けステータスを出す。

天宮楓
レベル188
ＨＰ：１９００／１９００　ＭＰ：１４６０／１４６０
攻撃力：２６０（＋52）
防御力《ぼうぎょりょく》：２１０（＋12）
俊敏《しゅんびん》：４６０（＋２５７）
器用：３６５（＋１５２）

精神力：660（＋467）
幸　運：50
BP：0
SP：380
スキル：【魔法矢《マナ・ボルト》Lv.10】【弓術《きゅうじゅつ》Lv.5】【鷹の目Lv.2】【アイテムボックスLv.2】【捕捉《ロックオン》Lv.5】
【鑑定Lv.1】【MP増加Lv.5】

「いや～、今回のレベルアップで一気にステータスが跳《は》ねあがったな」

SPも380とかなりの量を手に入れた。

それにレベルアップでステータスも上がったしBPもたくさん貰《もら》ったからそれも振り分けたおかげでステータスが凄《すご》く上がっている。

特に俊敏と精神力にかなり振ったから攻撃を避けるのが容易になったし、かなり【魔法矢《マナ・ボルト》】の攻撃力も上がった。

これからは俊敏と精神力のステータスにさらにステータスを割《わ》り振る予定だ。

それで絶対に俺の高威力《いりょく》の攻撃が当たり、素早さで動き回って攻撃を避けたりするようにする。

……俺は絶対にそんな相手と戦いたくない。

まあ、そんなステータスの振り分け方《かた》なんて聞いたこともないけど、俺の【捕捉《ロックオン》】スキルを考えたら理にはかなってると思う。

「となると次はスキルだよな……」

この前、手に入れたり強化したスキルは【鑑定】【アイテムボックス】【MP増加】【捕捉《ロックオン》】だ。

今回はどうするかな……

ほしいスキルもあるし【捕捉《ロックオン》】スキルがユニークスキルってこともわかったから【捕捉《ロックオン》】スキルをスキルレベル10にまで上げたい。

それに他のスキルも……

「……よし！　決めた!!」

【捕捉《ロックオン》Lv.10】：200SP
【MP回復速度上昇《そくどじょうしょう》Lv.５】：80SP
【魔法矢《マナ・ボルト》Lv.11】：55SP
【アイテムボックスLv.４】：35SP

よし！　これでいい!!

10SPは使い道がなかったから残しておいて、残りのSPは全てつぎ込んだ。

新しく手に入れたスキルは【MP回復速度上昇】。

このスキルは消費したMPの回復する待ち時間を減らしたいから新しく取ったスキルだ。

そして、スキルレベルを上げたスキルは【捕捉《ロックオン》】【魔法矢《マナ・ボルト》】【アイテムボックス】の三つ。

【アイテムボックス】は前回と同じく容量の増加。

【魔法矢《マナ・ボルト》】は攻撃力になる精神力×0.5の倍率が0.6に上がって単純な攻撃力が上がったことになる。

そして最後の【捕捉《ロックオン》】スキルはユニークスキルだからスキルレベルを10にしたことで新しい効果が増えていた。

【複数捕捉《マルチロックオン》】
・複数の対象への遠距離《えんきより》攻撃《こうげき》が必中する。
その効果は複数の対象への遠距離攻撃必中効果。

つまり、今までは一つの対象にしか当たらなかったけど今度は二つ以上の標的を同時に狙えるようになったわけだ。

うん。これはいい効果。

これまで【捕捉《ロックオン》】スキルを手に入れてからモンスターが単体でしか出てこないダンジョンにしか行ってなかったけど複数のモンスターが同時に出てくるダンジョンもある。

そんなダンジョンではかなりの強さを誇る効果だ。

これからに期待だな。

「これでよし！　スキルも強くなったしステータスも上がったし明日も頑張《がんば》りますか!!」

天宮楓
レベル188
HP：1900／1900　MP：1460／1460
攻撃力：260（＋52）
防御力：210（＋12）
俊　敏：460（＋257）
器　用：365（＋152）
精神力：660（＋467）
幸　運：50

BP：0
SP：10
スキル：【魔法矢《マナ・ボルト》Lv.11】【弓術Lv.5】【鷹の目Lv.2】【アイテムボックスLv.4】【捕捉《ロックオン》Lv.10】
【鑑定Lv.1】【MP増加Lv.5】【MP回復速度上昇Lv.5】

第４章　突然変異《ミュータント》モンスターの脅威

そんなわけで翌日。
今日も今日とてレベルを上げるために朝早くから魔犬のダンジョンのボス部屋まで来てボス周回を始める。
一回目
昨日と同じ方法でハイコボルト撃破《げきは》。
『レベルが15上がりました』
二回目
昨日と同じ方法で（以下略
『レベルが14上がりました』
三回目
昨日と（以下略
『レベルが14上がりました』

四回目

ちょっと戦い方を変えてみる。

俺《おれ》の遠距離攻撃は必中するから今度は【魔法矢《マナ・ボルト》】で作った矢を二本同時に射ってみた。

二本同時でもちゃんと当たるのかと不安にはなったけど、必中に偽《いつわ》りなし。

問題なくしっかり倒せた。

『レベルが13上がりました』

五回目

レベルが上がりすぎたのか弓から昨日聞こえたよりも軋んだ音が大きかった。

けど多分まだいける。

『レベルが13上がりました』

六回目

レベルが上がりすぎたのか（以下略

『レベルが12上がりました』

七回目

お昼を食べてからハイコボルトと戦った。

元気いっぱい！

だから力を入れすぎたのか弓からさらに軋んだ音が……やっぱりそろそろ新しく自分のステータスに合った弓に変えるべきか……

『レベルが12上がりました』

八回目
三本同時に【魔法矢《マナ・ボルト》】を射ってみた。

二本の時に比べてかなり射つ時の難易度は上がったけどなんとか成功。

これも慣れるためにもうちょっと練習したい。

『レベルが12上がりました』

九回目
以下略！

『レベルが12上がりました』

十回目
記念すべき十回目。

今回は正面から正々堂々戦ってみようと思う。

ボス部屋に入るといつも通りハイコボルトが見えた。

ボス部屋に入ると、初めて戦った時と同じようにハイコボルトは一瞬で距離を詰めてくると鋭い爪を振り下ろしてくる。

だけど、今度はレベルが上がって俊敏ステータスが上がったから、ソロの時の経験と合わせて余裕を持って避けることができた。

そして矢を射つ。

俺の矢を受けたハイコボルトは吹《ふ》き飛んで壁に激突《げきとつ》すると呻《うめ》き声を上げながら立ち上がる。

だけどまた動き出す前に【魔法矢《マナ・ボルト》】を一回、二回、三回、四回、五回、六回、七回と射ち続ける。

するとハイコボルトはその場で動かなくなった。

『レベルが11上がりました』

今回のボス討伐《とうばつ》は十回で終わりにしようと思う。

というか終わりにせざるを得ない。

「弓が……」

流石《さすが》にステータスが上がりまくった状態で使いすぎたのか弓からかなり軋んだ音がしていた。

すぐには壊《こわ》れないだろうけど、それでもこのペースでレベルを上げるとなるとすぐに限界がくるだろうからその前に弓を買い替《か》えておきたい。

……この弓結構高かったし、弓自体が使われてないから売られてないしで、これより良いものとなると見つからない可能性の方が高いんだよな～……

「……仕方ない。溜《た》まった魔石を売って弓を買う資金を作ってくるか」

幸い魔石はあるしコボルトの素材も何体か【アイテムボックス】に入ってるからお金になるはず。

……ハイコボルトはどうするかな。

何日か前までEランクダンジョンに潜《もぐ》ってた俺がいきなりCランクのモンスター、それも複数体をいきなり売りに出したら何かあるって言ってるようなものだ。

そこから芋《いも》づる式《しき》に俺がユニークスキルを二つ持ってるなんてばれたら困る。

「仕方ないけど、しばらくハイコボルトはタンスの肥やしならぬ、アイテムボックスの肥やしだな」

ハイコボルトは探索《たんさく》者からしたらかなり不人気だ。そんな事情もあって供給が追い付いてないと思うから高く売れると思うんだけど……まぁ仕方ない。

「とりあえず外に出るか」

腕時計《うでどけい》で時間を確認するとまだ一時頃《ごろ》だから今から外に出れば移動と買い取り含《ふく》めても

十分弓を探す時間はある。

最悪明日はダンジョン探索を休みにしても良いしな。

「よーっし！　弓探すぞ!!」

こうして俺はダンジョンを出るため、出口に向かって進む。

慎重に進んではいるけどどうしてもコボルトが出てくるから、コボルトを倒《たお》しながら出口に進んでいく。

そして、約一時間進み続けて、ようやく一階層に戻《もど》ってくることができた。

「くぁ～……出口まであと少しか」

あと少し。

気を抜かずに、慎重に、警戒して変なところで余計な怪我を負わないように気をつけよう。

「やだぁぁぁあああ!!!　誰かぁぁぁぁあああ!!!」

「……!?　叫《さけ》び声《ごえ》!!」

しかも……

「声が若い……さっきの声は子供か!!」

さっき聞こえてきた声は大人の声には到底《とうてい》聞こえなかった。

なんで子供がダンジョンにいるかは知らないけど、とにかく声が聞こえてきた方に走る。

しばらく走ると見えてきたのは泣きながら尻《しり》もちをついて座《すわ》り込《こ》んでる子供が二人に、白いコボルトに首を掴《つか》んで持ち上げられてる葵《あおい》くん。

葵くんは白いコボルトに手を離《はな》させようと、持ち上げられながらも白いコボルトを蹴《け》り続けている。

だけど白いコボルトはステータスもない子供の蹴りなんて効くわけもなくニタニタした顔をし続けていた。

「……！　葵くんを離せ!!」

葵くんを掴んでいるコボルトが白いことが引っ掛かる。

だけどそれを考える前に葵くんを！

コボルトに【魔法矢《マナ・ボルト》】を射つ。

【捕捉《ロックオン》】スキルを使ったら必中になりはするけど、どんな軌道《きどう》で向かうかわからないから葵くんに当たるかもしれないし【捕捉《ロックオン》】スキルは使えない。

純粋《じゅんすい》な弓の腕《うで》で狙い射つ。

矢を射つと、器用ステータスも上がっているのもあってうまく白いコボルトに飛んでいく。

「ガルァッ‼」

「いてっ‼」

だけど白いコボルトは葵くんを地面に落とすと簡単そうに矢を避ける。

さらに追撃《ついげき》するけど凄《すさ》まじい速さのバックステップで次々避けられていく。

だけど狙いどおり葵くん達《たち》から距離を取らせることには成功した。

「三人とも大丈夫《だいじょうぶ》か‼」

白いコボルトを警戒しながら咳《せ》き込んでる葵くん達に近づく。

「ゲホッ！　ゴホッ！　に、兄ちゃん……」

「よし、大丈夫そうだな。葵くん。なんで君達三人がこのダンジョンにいるか、よ〜く聞きたいところだけどそれはあとにしておくよ」

さっきから警戒し続けているけど嫌《いや》な予感しかしない。

あの、俺の矢を避けた異常なバックステップの速さと普通《ふつう》のコボルトとは違《ちが》う白い姿。

そしておかしいぐらい発達している左手の爪と牙。

そんな普通のコボルトと違う白いコボルトに思い当たる節がある。

「突然変異《ミュータント》モンスターかよ……初めて見るな……」

突然変異モンスター。

それは通常のモンスターとは違い、ステータスがさらに強化され、体のどこかしらが通常個体より異常に発達しているモンスターのこと。

特徴《とくちょう》としては白い体色で通常のモンスターと見比べるとすぐに見分けがつきやすい。

それと一番の違いはその強さ。

強化されたステータスはその本《もと》となったモンスターのランクを一つ押《お》し上げるぐらいだ。

つまり今のあのコボルトはCランク相当のモンスターになっている。

ランクだけ見たらハイコボルトと同じだけど、ハイコボルトよりも小さいから厄介《やっかい》な相手だ。

そんな相手に子供達を庇《かば》いながら戦う？

かなり難しいな。だけどやるしかない。

そうとなると……

「葵くん、他の二人も絶対に俺の後ろから離れるなよ」

「う、うん……」

他の二人も返事はしなかったけど俺の後ろから動かない。

いや、これは動けないだけか？

まあ、俺の後ろから動かないならなんでも良い。

幸いここは一直線になってるから前の白いコボルトだけに注意すればいい。

「グルルルル……」

「……」

コボルトが喉《のど》を鳴らしながらこっちを睨《にら》みつけてくる。

意識を逸《そ》らすな。集中しろ。

今は白いコボルトを倒すことだけを考えろ。

白いコボルトはいつでも突っ込んでこられるように姿勢を低くして、俺は【魔法矢《マナ・ボルト》】で作った矢をいつでも射ち出せるように弓を構える。

そのままの状態でしばらく俺と白いコボルトのにらみ合いが続く。

「グルルゥッ⁉」

先に動いたのは白いコボルトだった。

白いコボルトは一気に地面を蹴って距離《きょり》を詰めるために低い体勢のまま突っ込んでくる。

「シッ‼」

それを俺は白いコボルト目掛《めが》けて【捕捉《ロックオン》】を使ってから【魔法矢《マナ・ボルト》】で作った矢を射つ。

「ガルルァッ‼」

一直線に白いコボルトに向かって矢は飛んでいくけどコボルトが吠《ほ》えると同時に異常発

達した左の爪《つめ》に防がれてしまう。

「嘘だろ!!」

確かに当たってるといえば当たってるから必中なんだろうけど、今までの経験からして絶対に当たるとわかっていたからこそ驚《おどろ》きが大きい。

さらに、白いコボルトは近づいてきて左の爪を振り下ろそうとしてくる。

「シッ!!」

だけど俺も黙《だま》ってやられるつもりはないからすぐにまた二本、矢を作り出して同時に白いコボルトに射ち出す。

「ガアッ!!」

今度はさっきのように防ぐことはできないのか一本は爪で防いだけど、あと一本は白いコボルトの右肩《みぎかた》に突き刺さる。

よし！　今度は当たったな。

「グルアァ!?」

「くっ!!」

しかし、白いコボルトは痛みを感じていないかのように右足で蹴りを放ってきた。

なんとか弓を持ってない方の左腕《ひだりうで》でガードしたけど凄まじい衝撃《しょうげき》が左腕に伝わる。

「いってぇ……」

ステータスはハイコボルトよりも劣《おと》ってる気はする。

だけどその体の小ささが問題で、【捕捉《ロックオン》】スキルの必中がなかったら高い俊敏《しゅんびん》ステータスもあって矢は一切《いっさい》当たってないだろう。

しかもそれだけじゃなくて攻撃力《こうげきりょく》もある。

イメージ的には白いコボルトは俺がこれから振り分けようとしていたステータスのような感じのステータスだろう。

素早い動きで攻撃《こうげき》を避けて高い攻撃力で相手を圧倒《あっとう》できるタイプ。

厄介なことこの上ないな。

「グウゥッ!!」

「うおっ!!」

白いコボルトが今度は右手で殴《なぐ》りかかってくる。

弓を手放すわけにはいかない……けど左手は右足を……!?

くっそ!

咄嗟に弓を持っている右腕《みぎうで》でガードするけどやっぱり凄まじい威力で腕が痺《しび》れる。

「グルァッ!!」

「ぐぁっ……!!」

白いコボルトは俺のそんな隙《すき》を逃《のが》さず、左手を大きく振りかぶった状態で飛び込んできた。

まずいと思った時にはもう遅《おそ》く、鋭《するど》い爪が俺の右肩に食《く》い込む。

さらに白いコボルトはそのまま地面に着地すると爪を引き抜いて俺の体を投げ飛ばす。

「ガハッ……」

投げ飛ばされた俺は受け身を取ることもできずに壁に背中を強く打ち付ける。

「兄ちゃん!!」

葵くんが心配そうな声を上げる。

大丈夫だよと安心させたくて口を開こうとするけど上手《うま》く言葉にならない。

「がはっ……ごほっ……」

肩《かた》を見ると肉がえぐれていて血が流れ出している。骨は折れてはいないみたいだけどそれでもかなりの重傷だ。

ガードに使った両腕《りょううで》も感覚的に折れてはいないだろうけどかなりの激痛が走っている。

だけど骨まで折れてないってことが不幸中の幸いか。

「グルルル……」

白いコボルトは俺がもう動けないと判断したのか子供達に近づいていく。

こうなってしまったら逃《に》げてほしいけど子供達は恐怖《きょうふ》で動けないのかただ震《ふる》えているだけだ。

「やめ……ろ……」

必死に口を動かそうとするけど掠《かす》れたような声しか出ない。

このままだと俺だけじゃなくてあの子達の命も危ない。

なんとかしないと。でも体が動かない。

「グルォウッ⁉」

「きゃあっ‼」

「うわあああ‼」

白いコボルトが葵くんに爪を振り上げて襲《おそ》い掛《か》かる。

……なんで俺は動けない。

動けよ！　俺ならあの子達を助けられるんだぞ⁉

「グルオオッ⁉」

「やめて‼　来ないで⁉」

「あ……あ……」

白いコボルトの爪がどんどん子供達に近付いていく。
その光景を俺はまるでスローモーション映像を見るように眺《なが》めていた。
動け……！
確かに体は限界だ。
だけど俺はまだ負けてない……！
遠距離攻撃しか出来ない？　近接は出来ない？
だからなんだ。
誰《だれ》がそんなことを言った……！
俺は自分の力を信じてここまで来たはずだろ……！
ここで諦《あきら》めたら今までの努力は何だったんだよ……！
お前のユニークスキルはお前が強くなるには弱すぎると周りに馬鹿にされた。
その時諦めたか？
いや、諦めなかった！
限界を超《こ》えて今俺はここにいる。
じゃあとは簡単だ。
もう一度限界を超えるだけだ……!!!

「うぉぉぉぉおおお!!!」

気合いを入れるために雄叫《おたけ》びを上げながら立ち上がって弓を盾《たて》にして子供達を庇う。

そしてそのまま白いコボルトの爪による攻撃を受け止める。

「ぐう……！　うぉぉおおっ!?」

肩の痛みに膝《ひざ》を屈《くっ》してしまいそうになるけど雄叫びを上げ、気合いを入れて耐える。

それに驚いた白いコボルトは一瞬《いっしゅん》動きを止めるも、すぐに爪を横に薙《な》ぎ払《はら》ってきた。

……技術なんてない。ただ力任せに……蹴り飛ばす!!!

「喰《く》らえ!!」

俺の蹴りは白いコボルトの胴体《どうたい》に直撃《ちょくげき》して白いコボルトは吹き飛ぶ。

やっぱりレベルアップって大切だな。

レベルを上げる前の俺だったらあそこまで吹き飛ばせてないしそもそもここまで戦えてなかっただろう。

ただその代わり、盾に使った弓は真っ二つになってしまった。

一年間ずっと使い続けてた弓だから悲しくもあるけど仕方がない。

今はそれよりも目の前にいる敵を倒すことに集中しよう。

それに弓がなくなってもまだ戦う方法はある！

「かかってこい！　まだ俺は戦えるぞ‼」

「【魔法矢《マナ・ボルト》】ォ!!!」

通常20ＭＰで済む【魔法矢《マナ・ボルト》】に１６０ＭＰを使って透明《とうめい》な矢を八本作り上げる。

「ハァッ‼」

それらを両手の指と指の間に挟《はさ》んで構えると、白いコボルトが起き上がると同時に投げつける。

この矢を使った投げつけるという行為《こうい》も立派な遠距離攻撃だ。

必中効果もこれなら機能するはずだ！

そんな俺の目論《もくろ》み通り【捕捉《ロックオン》】スキルの必中効果が機能して様々な方向からバラバラに白いコボルトに向かって飛んでいく。

ただ、弓を使っていないから速度も威力も大幅《おおはば》に落ちてしまっている。

「グルルッ‼」

白いコボルトはそれを余裕を持って避けて、迎撃《げいげき》していく。

だけどそれでいい。

これはあくまで陽動。

本命は……

「俺だぁぁあああ!!!」

矢を投げるのと同時に駆《か》け出していた俺は【魔法矢《マナ・ボルト》】で作り出した矢を片手に握《にぎ》りしめたまま【魔法矢《マナ・ボルト》】を迎撃して体勢の崩《くず》れている白いコボルトに突《つ》っ込む。

「体勢の崩れている今のお前には避けられないだろ!!!」

「グルァアアッ!?」

俺は握りしめている矢を両手で握り直して白いコボルトの心臓目掛けて突き刺《さ》す。

対して白いコボルトは体勢を崩しているのにその体勢から無理やり爪を振《ふ》り下ろしてきた。

「ぐっ……!!」

「グルァッ……!!」

振り下ろされる直前、白いコボルトの目が俺の首筋を捉《とら》えているように見えた。

けど、爪が振り下ろされるより俺が懐《ふところ》に入り込む方が早い!

「俺の、勝ちだぁぁあああ!!!」

叫びながら矢を白いコボルトの左胸に深々と突き刺し、そのまま地面に縫《ぬ》い付けるように押し倒す。

「ガァアァアァッ!!!」

白いコボルトもなんとかしようと暴れるが俺が上に乗っかっているためどうしようもない。

一番の脅威である左手の爪は腕を右足で押さえ込んでるから動かせないはず。

というか絶対に動かさせない！

「絶対に離さない!!」

これが俺がこいつに勝てる唯一《ゆいいつ》の勝ち筋。

速すぎて近づかれたら絶対に勝てない。

さらに、弓も壊れたから同時に矢を投げることはできても　速さも威力も落ちてるから離れられたら簡単に迎撃される。

もう詰《つ》みに近い状況《じょうきょう》。

だったら俺にできるのは近づくでも離れるでもなく零距離《ぜろきょり》まで密着する！

そして、このレベルアップしたおかげで上がってる防御力とＨＰでごり押す！

これが今俺ができる最適解。

「ガァッ！　……ガ…………ァ……」

白いコボルトが暴れてくるのをしばらく耐《た》えると、だんだんと白いコボルトの暴れる力が弱くなってくる。

そして、同時にどんどん声も小さくなっていき、最終的には完全に動きを止めた。
それでも万が一を警戒《けいかい》し続ける。
『レベルが12上がりました』
そこで聞こえてくるレベルアップの通知音。
レベルアップの通知音……ってことは……
「勝った……勝ったぞー!!!」
こうして俺は突然変異モンスターの白いコボルトに勝利するのだった。

天宮楓
レベル328
HP：250／3240　MP：94／2160
攻撃力：400（+52）
防御力《ぼうぎょりょく》：350（+12）
俊敏《しゅんびん》：920（+577）
器　用：505（+152）
精神力：1120（+787）

幸　運：50
ＢＰ：60
ＳＰ：７１０
スキル：【魔法矢《マナ・ボルト》Lv.11】【弓術《きゅうじゅつ》Lv.５】【鷹《たか》の目《め》Lv.２】【アイテムボックスLv.４】【捕捉《ロックオン》Lv.10】
【鑑定《かんてい》Lv.１】【ＭＰ増加Lv.５】【ＭＰ回復速度上昇Lv.５】

白いコボルトを倒したことを確認《かくにん》したらステータスを開いてＨＰを確認する。

うっわ……残りＨＰが２５０しかない。

それに加えて今も出血が止まってないから毎秒1ずつＨＰが減っていっている。

「早く回復しないと……」

「兄ちゃーん!!!」

「お兄ちゃん大丈夫!!」

「に、にいちゃん、血、血が!!」

葵くん達がこちらに走って来た。

俺は【アイテムボックス】からポーションを二個取り出す。

ポーションを買い置きしといて良かった～……

なかったら白いコボルトに勝ってたのに死ぬところだったな……

「ああ、これは大丈夫だよ。ポーションがあるからね。葵くんも使っておきな？　さっきあいつに掴み上げられてたでしょ？」

取り出したポーションを一つ葵くんに渡《わた》す。

「う、うん。ありがとう兄ちゃん」

葵くんが受け取って蓋《ふた》を開けて飲んだのを確認してから俺もポーションを使う。

蓋を開けて半分を肩の傷口に掛けて半分を飲み干す。

「っ〜‼」

傷口にポーションが滲《し》みて痛ってぇ……けど我慢《がまん》できる程度だ。

それに、さっきの白いコボルトに肩を爪で刺された時の方が断然痛かった。

だけどポーションを使ったおかげで肩の傷口が徐々《じょじょ》に塞《ふさ》がっていき、痛みも引いていく。

手を開いて閉じてを繰《く》り返して、肩を回してみる。

よし、動く。問題なし。

ＨＰを確認しても５５０まで回復してたしＨＰの減少も止まったしもう大丈夫だろう。

ステータスを閉じてから立ち上がる。

「ほ、本当に大丈夫なのかよ兄ちゃん‼」

「ああ。ポーションも使って傷口は塞がって血も止まったしもう大丈夫だよ」

心配そうに聞いてくる葵くんの頭を撫《な》でながら答える。ついでに二人も。

さて、と……

「あ～お～い～く～ん？　それに他の二人も。なんで君達子供がダンジョンに入ってるのかな？」

「「「えっとぉ……」」」

俺の言葉を聞いて三人の顔からサーッと音が聞こえそうな勢いで青ざめていった。

「あ、あのな――」

葵くんと名も知らぬ男の子と女の子が拙《つたな》いながらもゆっくりと説明してくれる。

その説明を聞いた結果、とても馬鹿馬鹿しいのと同時にどうにもおかしな話だった。

「ってことは君達は探索者の俺が会った時は素手《すで》だったから、自分達でも何か武器があればダンジョンに入ってモンスターを倒せると思った。そういうことだな？」

「「「はい……」」」

「まったく……いくらなんでも無謀《むぼう》すぎるだろそれは……」

俺の呆《あき》れた声に三人ともシュンとなって項垂《うなだ》れてしまう。

まぁ、これは武器の弓を【アイテムボックス】にしまってた俺を見てダンジョンに入ってきちゃったらしいからあまり強くは言えないけど。

だからそのことは置いといて、まずは聞いておきたいことがある。

「まあ、今それはいい。それよりなんで君達はダンジョンの中に入れてるんだ？　監視者《オブザーバー》は止めなかったのか？」

まず子供達三人がこのダンジョンの中にいるのがおかしい。

どのダンジョンにも監視者という探索者協会の職員がいる。

その監視者は探索者資格を持っていない人がダンジョンに入るのを止める役割を担《にな》っている。

その探索者が資格を持っているかを確認する方法は、【魔道具作成《まどうぐ》】のスキルを持った職員が作った監視カメラのようなものを隠《かく》れながら使って毎日監視しているはずだ。

だからそれを使って顔を探索者協会のデータベースに確認できるから、登録していない人はすぐにばれて監視者に止められるはず。

まあ、今回はそんなのは使わなくても見るからに子供のこの子達が止められないなんてことはないはずだ。

だからなんでこの子達がダンジョンの中にいるのかが不思議でしょうがない。

「別に誰もいなかったし止められなかったよ」

「そうだぜ！　ダンジョンにはすぐに入れたしな!!」

「ここまでお兄ちゃんしかダンジョンで見てないよ」

「……そっか～……」

なんだよそれ。

監視者が子供達を見過ごしたなんてことはない。最低限入ろうとした人を取り押さえられるようにレベルを上げているはずだ。

だからステータスもない子供を見逃《みのが》すなんてことはないはず。

……ってことは……

「まさかいないのか？　監視者」

その考えに至って頭を抱《かか》える。

監視者っていうのは探索者資格を持っていない人を止める役割の他にも、ダンジョンの中で異常が起きたらすぐに探索者協会に連絡《れんらく》する役割を持っているんだ。

もし監視者がいない状況で魔物暴走《スタンピート》でも起こってしまったらそれこそとんでもないことになる。

魔物暴走はどれだけ早く対処するかが重要になってくるから、探索者協会への連絡が遅《おく》れたらそれだけ被害《ひがい》が広がるし、対処が遅れれば多くの人が死ぬかもしれない。

そんな重要な役割を持っている監視者がいないなんて……

「……はぁ、もうちょっと説教しようと思ったけど先にダンジョンの外に出ようか。色々考えることが多すぎて頭が痛い……」

「「はい……」」

俺は小さくため息を吐《つ》いてから、葵くん達に出口に向かうように指示を出す。

「おっと……ちょっと待っててくれよ」

白いコボルトのドロップアイテムを回収し忘れていたことを思い出してその死体に向かって歩き出す。

突然変異モンスターの白いコボルトだ。

情報通りなら……

緊張《きんちょう》するな。

白いコボルトの前に着いた俺は白いコボルトの死骸《しがい》に手を伸《の》ばして触《さわ》ってみる。

「うわっ!!」

すると、突然《とつぜん》俺《おれ》が触った場所からその体が光りだして俺の視界を真っ白に染める。

そして数秒後、光が収まったのを感じてから目を開けると、白いコボルトの上に腕輪《うでわ》が置かれていた。

その腕輪が放つ異様な雰囲気《ふんいき》に思わずゴクリと喉を鳴らす。

「こ、これが突然変異モンスターを倒すと手に入る装備アイテムか……!!」

突然変異モンスターを倒した時にアイテムが出るとは聞いていたけど、こんな感じで出てくるのか。

目の前にある腕輪をまじまじと見つめる。

鑑定したら魔犬《まけん》の腕輪という名前の腕輪というのはわかったけど、効果までは俺《おれ》の【鑑定】のスキルレベルが低いのもあってわからないから着けるのはやめておこう。

白いコボルトと腕輪を【アイテムボックス】にしまい、葵くん達に合流してダンジョンの外へと進む。

さてと、外に出たらこの子達の親を探して報告、それと監視者を一応探して、いてもいなくても探索者協会への連絡。

あと手持ちのポーションだけで回復しきれなかった俺の治療《ちりょう》。

そして、探索者協会から来た職員への事情説明。

……ダンジョン出たくなくなってきたなぁ……。

幸い、ダンジョンから出るまで突然変異モンスターの白いコボルトはもちろん、コボルトも出てくることはなく、安全にダンジョンの外に出ることができた。

葵くん達もいたから戦いたくなかったのもあったからありがたかったな。

ダンジョンの外に出ると外はもう夕方になっていて日が暮れ始めていた。

ダンジョンの中は昼も夜も関係なく明るいから時間の感覚が狂《くる》いそうになるな。

そして、ダンジョンから出た瞬間《しゅんかん》、外にいた人達が一斉《いっせい》にこちらを見て騒《さわ》いでいるのが見えたけど……

「あれって昨日も見たよな？　ほらあの……探索者さん……」

「ああ……もしかしたら葵くん達のことを何か知ってるかもしれないぞ」

「……っておい！　あの探索者さんの後ろ!!」

「あ！　いなくなってた子供達が全員いるぞ!!」

どうやら聞こえてくる声から察するに葵くん達三人を探していたらしい。

俺の後ろにいる葵くん達を見た途端《とたん》、周囲の大人たちがさらに騒ぎ出して近づいてくる。

「おい！　子供達は大丈夫か⁉　って！　探索者の兄ちゃん血だらけじゃねぇか!!」

事情を聞くためか俺の方に一人の男性が来て、他の人達は子供達の元に駆け寄っていった。

「ああ、怪我《けが》はお気になさらず。もう治療しているので大丈夫ですよ。子供達も無事です」

「そ、そうなのか……よかった……」

俺の言葉を聞いてホッとした表情になった大人の男性。

他の人達は子供達を抱《だ》きしめたり頭を撫でていたりしていた。

「それで兄ちゃん。一体何があったんだ？」

「そうですね。説明をしたいんですけどまずは……」

俺は男性から離れてダンジョンの周辺を探索する。

ダンジョンの入り口の上、周囲を囲んでいる木々の上や死角になっている場所、監視者がトイレに行く時にカメラを固定するであろう場所やトイレの全てを監視者がいないか探しに探していく。

カメラの固定は監視者がトイレに行く時に必ずしてダンジョンに資格を持っていない人が入ってもすぐに警告音がなるようにできるし、気づかないなんてことはないはずだ。

だけど、どこにも監視者というか人の姿は一切見当たらない。

それに、カメラも固定されてる所は見つからなかった。

少なくともダンジョンの入り口が見えるように固定しなきゃいけないから見つからないなんてことはないはず。

……まあ、葵くん達がダンジョンの中に入れているのと、ダンジョン周辺であんな騒ぎになっているのに姿を見せない時点で察してはいたけどな。

「お、おい探索者《たんさく》さん何やってるんだ？」

「いえ、なんでもありません。とりあえずあの子達はお任せしますね。事情はまた後で説明させていただきますので」

男性には悪いと思うけど、返事を聞かずにその場から離れていく。

そして、【アイテムボックス】からスマホを取り出してある場所のある部署に電話をかける。

「あ、もしもし。探索者協会ですか？」

子供達がダンジョンに入ったのが確かに悪い。

だけどそんなことになった要因の一つである監視者、お前は絶対に許さないからな……

＊＊＊

場所は移動して村の集会所のような場所。

そこには当事者の俺と葵くん達。

そして、葵くん達の両親や祖父母といった親族。

この村のまとめ役のような人。

さらに俺が連絡した探索者協会から来た人。

最後に魔犬のダンジョン担当の監視者という男性が座っていた。

葵くん達はたっぷり怒《おこ》られたのか、目の腫《は》れがまだ治っていない状態で、俯《うつむ》いている。

「さて、それでは今回起きたことについての説明をお願いしてもよろしいでしょうか？」

「はい。それでは、今回起こった出来事について説明をさせていただきたいと思います——

——」

そして俺は、今回のダンジョンで起こったことを全て話していく。

葵くん達がダンジョンの中にいて突然変異モンスターの白いコボルトに襲われていたこと。

そして、本来必ずダンジョンの入り口周辺にいて見張りをしているはずの監視者がいなかったこと。

話すのは大まかに分けてこの二つだ。

「——以上が今回の出来事についてです。それで監視者の方にお聞きします。どうしてこの村の近くにいた貴方《あなた》がここにいないのですか？　答えてください」

「……」

監視者の多賀谷《たがや》さんは俺からの問いに視線を下げながら口を閉ざしてしまう。

その様子に俺以外の人達が怒《いか》りの声をあげ始める。

「おい！　確かにうちの子供がダンジョンに勝手に入ったのは悪い！　それはうちの子供が悪いんだから責めるつもりはない。危険だって知ってて入ったんだ。責める資格は子供達の責任をとる俺達《おれたち》にはねえ。だけどよお、監視者がダンジョンにいないなんてどういうことなんだ!!」

「そうだ！　あんたはダンジョンに異常が起こった時に協会に連絡する役割を担ってるだろうが!!」

口々に責め立てる大人達に多賀谷さんは何も言わずに黙ったままだった。

ただ、無言のまま俺の顔を見つめるだけで何も喋《しゃべ》らない。

そんな多賀谷さんの視線はかなり血走っていて、見つめるというか睨み付けているという方が正しい気がする。

「……ハァ……」

……ため息？

監視者の思わず口から出てしまったような小さな声で吐かれたそれはステータスの上が

っている俺以外の耳に届くことなく消えていった。

「……申し訳ありませんでした！　私の不手際《ふてぎわ》で大変なご迷惑《めいわく》をおかけしました！　この度は本当にすみません⁉」

突然《とつぜん》椅子《いす》から立ち上がり、綺麗《きれい》な土下座をして謝罪を始めた多賀谷さんに俺を含《ふく》め、他の人達《たち》は呆然《ぼうぜん》とすることしかできなかった。

えっと、急にどうしたんだ……？

そして、続いて探索者協会から来た人も立ち上がって土下座までとはいかなかったが、

「今回は私ども探索者協会が派遣《はけん》した多賀谷に不手際があったこと、深くお詫《わ》び致《いた》します。誠《まこと》に申し訳ありませんでした」

と、こちらも謝《あやま》ってくる。

結局、その後二人はひたすら頭を下げるだけ下げて、葵《あおい》くん達の親族が落ち着くまで下げ続けて、これからのことを説明してそのまま帰って行った。

これからのことと言っても、葵くん達がダンジョンに入ったのは多賀谷さんがいなかったのもあって、罰《ばつ》は厳重注意。

多賀谷さんは今日ダンジョンにいなかったのは休暇《きゅうか》を取るための報告の不備として謹慎《きんしん》と減給処分になるらしい。

正直絶対にダンジョンにいなかったのは今日だけじゃないと思うんだけど、証拠《しょうこ》がないだけに何も言えない。

まあ、これは俺の勝手な推測だしな。

歯痒《はがゆ》いな……

そして、多賀谷さんはその責任を取って探索者協会の支部に戻《もど》ることになることぐらいだな。

まあ、俺も探索者協会の人を待つ間に葵くん達へのお叱《しか》りは済ましたし、今日はこれで帰るだけだ。

「あ〜今日は疲《つか》れた。さっさとか「お待ちください。探索者さん」……はい？」

帰ろうと立ち上がったところで声を掛けられる。

声の主を見るとそこには白髪《しらが》のもう六十代ほどの年配の男性がいた。

「えっと……貴方は確か……」

「葵の祖父の誠三《せいぞう》です。この度は孫を助けてくださってありがとうございます」

そう言って深々と頭を下げてくる男性。

その姿からは俺が葵くんを助けたことを本当に感謝してくれていることが伝わってきた。

「いえ、俺は別に大したことはしてないので気にしないで下さい」

「そうはいきませぬ。葵に聞けばあなたは大怪我《おおけが》を負っただけでなく武器である弓も失ったとか。礼をさせていただきたいのです」

「あーいえいえ。ほんとうに大丈夫《だいじょうぶ》なんで」

「いえいえ、そういうわけには参りません。あれだけ気を付けるとあなた様に言ったにもかかわらずこの体《てい》たらく……ですのでせめてもの詫びとして我が家《わがや》に来ていただきたく思います。今から少々よろしいですかな？」

「あ、はい。それじゃあよろしくお願いします……」

有無《うむ》を言わせない雰囲気に思わず返事をしてしまう。

そして、俺は誠三さんの家に招かれることになった。

誠三さんの家は普通《ふつう》の家と言った感じだ。

だけど、家の横にある大きな建物とその近くにある角材とまではいかないけどある程度形の整えてある木材が、見事なまでに普通の家という印象をぶっ壊《こわ》してきた。

「ここがわたしの家になります……む？　どうかなさいましたか？」

「い、いえ。なんでもないですよ」

さすがに普通の家っていう印象を与《あた》えられた後にこれを目の前にして平然とできる人の方が少ないと思う。

この家に圧倒《あっとう》されている俺を見て首を傾《かし》げている誠三さん。

「？　まあいいでしょう。こちらです、どうぞお入りください」

「……お邪魔《じゃま》しまーす」

だけど、家の中に入ると、普通に生活感溢《あふ》れる玄関《げんかん》だった。

だけど、普通の靴《くつ》じゃなくて安全靴《あんぜんぐつ》やタクティカルブーツといったいわゆる作業靴《さぎょうぐつ》が多く見える。

そして、誠三さんに案内されて和室の客室らしき場所に通された。

そして、座布団《ざぶとん》を出されてそこに座《すわ》ってしばらく待つ。

しばらく待つと誠三さんは大きな木箱を持って部屋の中に入ってきた。

「お待たせしました」

そして、俺の前にドスンッと置く。

その音からかなり重量があることが窺《うかが》える。

「私がお招きしましたのにお待たせすることになってしまい申し訳ありません」

「いえ、それはいいんですけど……これって一体……」

「これは今回の件の感謝の品です。中身については開けてからのお楽しみということで一つご了承《りょうしょう》願いたい」

そう言うと誠三さんは木箱を畳《たたみ》の上を滑《すべ》らせ俺の方に寄せてくる。

いや、ええ？　……受け取っていいのかこれ？

その木箱は見るからに高級そうな雰囲気が漂《ただよ》っている。

「い、いやいやいやいや。受け取れませんよこんな見るからに高そうな物!!」

「そうは言われましてもな……私はあなただからこれを受け取ってもらいたいのです」

「いや、でも……本当にいいんですか？」

「ええ。私の大事な孫の葵を救ってもらったお礼です。それに、葵の話を聞いてこれをあなたに渡すのが良いと私が判断したので」

誠三さんはそう言うとさらに俺の方に木箱を押《お》してくる。

ここまで来たら受け取るしかないか。

あんまり断り続けても誠三さんに失礼だろうしな。

俺は意を決して木箱を受け取る。

「わかりました。ありがたく受け取らせていただきます」

「お受け取りいただけるなら良かったです。これは心技体、心の強さ、技の冴《さ》え、体の強さ。これらが揃《そろ》っている人に渡そうと思っておりました」

俺が受け取る意思を示すと誠三さんは嬉《うれ》しそうに笑った後、そんなことを言う。

「この心技体は、かの毛利元就《もうりもとなり》が三人の息子《むすこ》へ教えた三本の矢だと考えております。心が強く、技が冴え、体が強ければ折れることなく、どんな困難にも立ち向かえる。私はそう考えております」

「誠三さん……ありがとうございます。そこまでの評価をしていただいて……」

「なに、これはあなたの正当な評価でしょう。これからの活躍《かつやく》、期待させていただきますぞ」

誠三さんはそう言って笑いながら俺の肩《かた》を叩《たた》く。

その手は力強く、とても安心感のあるものだった。

……強くなろう。

ここまで評価されているんだ。

もっと頑張《がんば》らないとな。

「ふう……今日は疲れたなぁ……」

正直なところ今日はいろんなことがありすぎてもう頭がパンク寸前だ。

さっさと家に帰って諸々《もろもろ》終わらせてさっさと寝《ね》よう……。

そう思って玄関で靴を履《は》こうとした時だった。

「兄ちゃん！」

「ん？」

声を掛《か》けられるのとほぼ同時にドンッ！　と腰《こし》のあたりに衝撃《しょうげき》が走る。

ダンジョンの外なのもあって油断してた俺は、気配も動きも全く感じ取ることが出来なかったため、かなりの不意打ちだったが何とか倒《たお》れずに持ちこたえて声をかけてくる人物の顔を見る。

まあ、心当たりしかないけど。

それは予想していた通りの人物だった。

「……なんだ葵くんか」

「なんだってなんだよ！　せっかくお礼を言おうと思ったのに……」

「お礼？　ああ、別にそんなのしなくてもいいぞ？」

「いいじゃん！　助けてくれたんだからお礼ぐらいちゃんとさせてよ！」

「あーわかったわかった。お礼はありがたく受け取っておくから。とりあえず離《はな》れてくれるかな？」

さっきから俺の腰より下ぐらいしかない身長の少年が抱き着いてきているので体勢がかなりきつい。

玄関で靴を履こうとした時に突撃《とつげき》されたから……。

「あ、ご、ごめん！　大丈夫？」

「ああ。大丈夫だから落ち着けって」

「う、うん……」

俺は抱き着いてきていた状態から離れてもじもじしてる葵くんの頭を撫でる。

「ま、これぐらい元気な方が男の子らしいか」

俺も葵くんぐらいの時は結構やんちゃしてた記憶《きおく》はあるしな。

「……男の子……って……俺は女だっての……」

「ん？　何か言ったか？」

何か言ってたような気がしたのだが、小さくて聞こえなかったので聞き返す。

「んーん。なんでもない！　あ、そうだ！　お母さんがご飯食べていってよだって！」

「え？　いいの？」

「うん！　ね？　お願い！」

「……うーん……まあ、いいか」

正直これから帰って寝るだけだったしな。

「わかった。ありがたくごちそうになるよ」

「ほんと!?　やったあ!!」

わーいわーいと喜ぶ葵くん。

はしゃぐその姿は年相応の子供って感じだ。

子供らしくて大変よろしい。

「兄ちゃんもついてきてよ！　俺、先に母さんに言ってくる！」

「あっ！　……行っちゃった」

止める間もなくドタドタと走っていった葵くん。

その後、夕飯をいただき家に帰った時には日付が変わっていて、風呂《ふろ》に入ってベッドに寝転《ねころ》がるとすぐに眠《ねむ》りに落ちてしまった。

もう明日……いや、今日の目覚ましはセットしなくていいか……。

第5章　龍樹《りゅうじゅ》の弓

翌日。目が覚めると昼になっていた。

「う〜ん……まあ、今日は弓も探しに行かなきゃだったからダンジョンには入れなくても別に良いんだけど、なんか損した気分になるな」

なんか昼まで寝るのは気持ちいいんだけど一日の半分を寝尽《ねつ》くしたって考えたらもったいない気がしちゃうんだよな〜。

とりあえず今日の事を考えよう。

今日は弓を買いに行くつもりだったんだけど、昨日の件で自分の未熟さを痛感させられた。

「やっぱり、弓もだけど近づかれた時のための武器も買っとくべきだよな〜昨日近づかれたら何もできなかったわけだし……」

俺の武器はやっぱり弓だから片手で、使ってない時でも邪魔にならないような武器が良いな。

そうとなるとかなり候補は絞《しぼ》られてくる。

両手で使うような槍《やり》なんかは自動的に選択肢《せんたくし》から外れるし、最も近接戦闘《せんとう》する時に使われてる片手剣《けん》と呼ばれるようなものも使ってない時邪魔になりそうだ。

そうとなると……

「短剣《たんけん》かな？」

短剣ならモンスターから魔石を回収する時に使ってるから他の武器より使いなれてる。

それに、なにより小回りが利《き》くのが大きい。

近づかれた時は基本的に俺が矢を射《う》つ姿勢になってるか、単純に速さに追いついていないかだ。

だから取り出しも早いだろう短剣がベストなんだけど……

「金が……弓と短剣。どっちも買うってなると足りるかな……？」

今現在、所持している中で使えるお金は十三万五千円ほどある。

そこにダンジョンの中で考えた通り魔石や素材を売れば良いけど、それでも売れるものが少ないから五万ぐらい。

足して十八万五千円。

対して、今の俺のレベルに合うぐらいの弓と短剣だと十五万は確実に超《こ》える。

「そうとなると弓だけ先に買って短剣は後で買えば良いか。だけどこれからもレベルが上がることを考えたらもうちょっと良いものが欲《ほ》しいんだよな……」

そうなってくるとどうしても値段が上がってしまう。

まあ、そこは最悪貯金から出すから良いんだけど。

……だけど、なにかもうちょっと売れる物ないかな？

【アイテムボックス】に入ってる物を確認する。

これは売れない。これは売れる。これも売れる。これは売れない。

次々と【アイテムボックス】の中に入っている魔石と素材を確認していく。

「……あ、そういえばまだ確認してなかったな」

【アイテムボックス】の中に入っていた突然変異《ミュータント》モンスターの白いコボルトを確認して思い出した。

そして、取り出すのは魔犬の腕輪と誠三さんにもらった木箱。

どっちも昨日は帰ってきてすぐに寝ちゃったから確認する暇《ひま》がなかったんだよね。

「まずはっと……」

ステータス画面を開いてスキルの項目《こうもく》を操作する。

【鑑定Lv.５】：70ＳＰ

「鑑定のスキルレベルが足りなくて昨日は効果まではわからなかったからな。ここまで上げれば大丈夫だろ」

【鑑定】なら探索者協会の支部に行ってもやってくれるけど今回は少しでも使うお金を減らしたい。

それでも【鑑定】のスキルレベル５なら、探索者協会が【鑑定】できる人を募集《ぼしゅう》してた時の募集要項《ぼしゅうようこう》がスキルレベル５だったはずだからこれで最低限効果はわかるはずだ。

「それじゃあ早速《さっそく》。【鑑定】」

最初に鑑定するのは魔犬の腕輪。

魔犬の腕輪
・コボルトの突然変異モンスターを倒した者に与えられる腕輪。
・攻撃力《こうげきりょく》ステータス＋30％
・俊敏《しゅんびん》ステータス＋30％

「おぉ！　結構良いじゃん!!」

さすが突然変異モンスターを倒した時に貰《もら》えるアイテムだ。

効果の＋される倍率が結構高い。

生産系スキル持ちの人も似たような効果のアイテムを作れるけどここまでの倍率は難しいだろう。

まあ、滅多《めった》に現れないのとかなりの強さを突然変異モンスターが誇《ほこ》っているからこそ、これだけの恩恵《おんけい》が与えられるわけだけど。

「それじゃあ次はこの木箱か」

見た目は身長１８０はいってる俺の胸ぐらいまである普通の木箱。

結構デカイだけあって何が入ってるか本当に予想がつかない。

「う〜ん……まあ、とりあえず開けてみるしかないか。誠三さんにもらった物だからおかしな物ではないだろ」

俺は木箱に付いている蓋に手をかけて、ゆっくりと持ち上げた。

「これは……弓か？」

そこには一本の洋弓《ようきゅう》が入っていた。

でも、ただの弓じゃない。

色は黒で矢をつがえる部分が白くなっている。

そして、見るだけでわかるとんでもなく高い品質。

それこそ俺が今まで使っていた弓よりも遥《はる》かに高品質で強い力を秘《ひ》めているような気がする。

「【鑑定《かんてい》】」

龍樹の弓Lv.1
・龍樹の体から作られた弓。
・攻撃力+500
・使用者の成長に合わせて龍《りゅう》の特性により共に成長していく。

……うん？

なんかとんでもないことが書いてあるんですが……

「いや、これヤバくね!!」

どう考えても凄《すご》すぎるでしょ!!

えっ、なに、この性能。

名前からして明らかにヤバそうな素材が使われてるのはもちろん。攻撃力がバグってる。元の壊れる前の俺の弓が＋50なのを考えたら単純に考えて十倍。

しかもレベル表記？

この最後の効果の〝共に成長〟に関係あるんだろうけどそんな武器の共に成長するという効果は聞いたことがない。

これは他の人が隠してるだけかもしれないけどそれでも龍とあるだけで武器としては相当なものだ。

「……誠三さん……これはちょっとお礼とかいう次元じゃないですよ～……」

てかこんな物をポンッと簡単に渡《わた》せるって誠三さん何者だよ……

というか龍ということは最低でもAランクのモンスターだ。

値段なんて想像できない。

「いや、だけどこれを使えばかなりの戦力アップ……うん。後で誠三さんに改めて聞きに行こう」

間違《まちが》って渡されてたらシャレにならない。

使って傷をつけて弁償《べんしょう》なんて言われたら洒落《しゃれ》になってないからな。

木箱にとりあえず仕舞《しま》ったままにしとこう。そうしよう。

そうでもしてないと、か弱い俺の心臓が破裂《はれつ》しちゃうわ。

天宮楓
レベル328
HP：3290／3290　MP：2160／2160
攻撃力：400（+52）
防御力《ぼうぎょりょく》：350（+12）
俊　敏：980（+637）
器　用：505（+152）
精神力：1120（+787）
幸　運：50
BP：0
SP：640
スキル：【魔法矢《マナ・ボルト》Lv.11】【弓術《きゅうじゅつ》Lv.5】【鷹の目《たかのめ》Lv.2】【アイテムボックスLv.4】【捕捉《ロックオン》Lv.10】
【鑑定Lv.5】【MP増加Lv.5】【MP回復速度上昇《そくどじょうしょう》Lv.5】

「いや、本当にこんなもの受け取ってもいいんですか……？」

「もちろんですとも。その弓はあなたが使うべきなのですから」

目の前にある龍樹の弓が入ってる木箱を見ながらあの時に連絡先《れんらくさき》を貰った誠三さんと再び話をしている。

「それに、その弓は私の木工職人としての人生で最高傑作《けっさく》。ですが弓を使う人もおらず、誰《だれ》かに売ることもできず、ずっと倉庫にしまってあったものでした。

それを私の代わりに使ってくれるというのですからこちらとしてはむしろありがたいことです」

「そ、そういうことなら……」

てか誠三さんは木工職人だったのか。

それならあの家の近くにあった大きな建物と積んであった木材も全部納得《なっとく》がいく。

それにしても、仮にも樹《き》でも龍と名のついてる素材を加工できるんだから誠三さんはかなりの加工技術とスキルを持っているはずだ。

そんな人の最高傑作……貰えるなら正直めちゃくちゃありがたい。

「……それでは、ありがたく使わせていただきます」

「はい。存分にお使いください」

「ありがとうございます。突然の連絡《れんらく》、申し訳ありませんでした」

「いえいえ、気にしないでください。それではまた」

そう言って電話を切る。

はぁー緊張《きんちょう》した。

それにしても、間違いじゃなかった……

「ヤバい、めちゃくちゃ嬉しい」

まさかあんな龍樹の弓なんて物を貰えるとは思ってもいなかった。

俺は木箱を開けて龍樹の弓を取り出す。

取り出した龍樹の弓は不思議と手に馴染《なじ》んで、その重さもいい感じに動かしやすくてその重さが邪魔になることはない。

「いい弓だ。持っただけで凄さがわかる」

だけど、恐《おそ》らく今の俺のステータスだと、元の性能より少し落ちると思う。

それでも十分過ぎるほどの性能を持ってるんだけど。

「これで弓を買う必要はなくなった。後は短剣を買えば良いな」

弓は最上級の、しかも俺と一緒《いっしょ》に成長してくれる、これからステータスに合わないなんてことがない物を手に入れることができた。

これにあとは短剣を買えばダンジョンに潜《もぐ》れるな。

魔石《ませき》を取り出すための短剣というかナイフは、探索者の資格を持ってる人だけがログインできるサイトで買えばよかった。

だけど、サブとはいえこれからは自分の命を預けるんだから自分で実際に手にとって選びたい。

「まあ、買いに行くか。元々弓を買いに行くつもりだったしそれが短剣に変わっただけだ」

俺《おれ》はすぐに家を出て駅に向かう。

＊　＊　＊

「うん、やっぱり結構種類があるな」

駅から歩いて十分ぐらいの場所にある探索者協会支部の中にある武器の販売《はんばい》エリア。

探索者協会支部自体がかなりの大きさなのもあって、販売エリアも相当広い。

その中でも一応初心者向けとそれ以外の人向けのコーナーに分かれていて、それぞれの武器の種類ごとに置いてある。

そして、俺が今いるのはそれ以外の人向けの短剣エリア。

そこには様々な形、大きさの短剣がショーケースの中に並んでいる。

「う～ん……どれにするかな」

正直なところ、どれもそこまで性能は変わらない。

【鑑定】は使っているけどどれも同じような効果で、もちろん良いものはあるけど俺が使うのには早いのと純粋《じゅんすい》に高いのもあって、俺の考えてる今の俺が使うのより少し高い品質の短剣が中々見つからない。

俺の直感的にこれだ！　というものがなければ性能で選んでしまおう。

「うん？　これは……」

何個目かのショーケースの中に置いてあった一本の短剣に目を惹《ひ》かれた。

その短剣は刃渡《はわた》り30センチほどの長さで、厚さは刃の中心辺りの一番厚い部分で3センチあるかどうかぐらいだ。

でも、その薄《うす》さに反してその刀身は不思議な光を放っている。

「……これ、良さそうだな」

見た目に惹かれたんじゃない。

確かに綺麗ではあるが、その光が気になった。

「【鑑定】」

疾走《しっそう》の短剣
・ワーウルフの突然変異モンスターを倒した者に与えられる短剣。
・攻撃力＋３００
・俊　敏ステータス＋15％
・自身の遠距離《えんきょり》の攻撃《こうげき》が相手に当たりにくくなる。

「値段は……十三万《まん》？　やっす!!」

これは買いだわ。

攻撃力とか高いし俊敏《しゅんびん》のステータスに結構補正がかかってるのに値段が十三万は安い。

これは最後の〝遠距離《えんきょり》攻撃《こうげき》が当たりにくくなる〟の効果がデメリットだからこの値段なんだろうな。デメリット効果があるとそれだけで不良品みたいなものだし。

他のデメリット効果がない普通の疾走の短剣ならもっと高くなってるはずだ。

まあ、俺には【捕捉《ロックオン》】スキルがあるから遠距離攻撃が当たらなくなるなんて関係ないしとりあえず握《にぎ》ってみよう。

近くの探索者《たんさくしゃ》資格のカードを読み取るスキャナーにカードを差し込《こ》んで、ショーケースのロックを解除して疾走の短剣を取り出す。

ちなみにこれは探索者資格を持ってない人が触《さわ》ることができないようにするのと同時に、その頑強《がんきょう》さから探索者による万引きの対策もできる優《すぐ》れものらしい。

そして、疾走の短剣を手に取ってみるとさらに欲しくなった。

持ち手の太さから長さ、重心の位置まで全てが俺にぴったりだ。

「よし、これにしよう」

俺はその短剣を手に持ってレジに向かった。

「すみません。これをください」

「えっと……この疾走の短剣をでしょうか？」

「そうですけど……なにか問題がありますか？」

レジで会計をしようとすると店員さんが俺に確認《かくにん》を取ってくる。

「いや～、この疾走の短剣は相手に遠距離の攻撃が当たりにくくなるというデメリットのせいで、魔法や銃《じゅう》を使う方のサブ武器にもできなくて買ってもらえない、いわゆる売れ残りってやつなんですよね。近接戦闘をする方もデメリットがあるものは避《さ》けたいと言われていて購入《こうにゅう》する方は今まで一人もいなかったので一応の確認です」

「ああ、なるほど。そういうことですか」

まあ、確かに俺みたいな【捕捉《ロックオン》】スキルで必中効果を持っていない遠距離を主体に戦う人からしたらこれは致命的《ちめいてき》な欠点になるかもしれない。

それに、近接戦闘をする人も離脱《りだつ》する時はなにかアクションを起こしてから離脱したいことも多いだろうし、そうなると投擲《とうてき》なんかもしたくなる。

そういった人たちは別の短剣を買うだろうな。

「大丈夫ですよ。わかって選んでるので」

「そうですか、失礼しました。それでは鞘《さや》を取ってくるので少々お待ちください」

そしてそのまま会計を済ませて疾走の短剣を【アイテムボックス】にしまって武器エリアから出る。

「よーし。とりあえず買うのはこれだけだしあとは売るだけ売って帰るか」

そして、魔石やらをそのまま探索者協会で売って、家に帰るのだった。

第6章　魔樹《まじゅ》のダンジョンと突然変異と出会いと

翌日。

今日もレベルを上げるために魔犬のダンジョンに行くことも考えたけど今日は止《や》めておく。

今日向かうのは魔樹のダンジョン。

一昨日の反省点で近接戦闘が課題だとわかったから戦闘の技術を向上させるためにやって来た。

この魔樹のダンジョンはFランクのダンジョンで今の俺のステータスを考えたら完全に格下だけど、戦闘の技術を向上させるのには最適なダンジョンだ。

「やっぱりこのダンジョンは人が多いな」

今回は特に不人気のダンジョンを選んだりしていないから当然と言えば当然だけど、それでも人が結構多い。

まあ、仕方がないと言えばそれまでだけど。

「よし、行くか」

俺は昨日購入した疾走の短剣を腰に差し、龍樹の弓と魔犬の腕輪《うでわ》を装備しながらダンジョンを進む。

今日の俺は一昨日の反省もあって戦闘の技術の向上を目的に来ている。

特に、短剣の技術を成長させたいから、龍樹の弓を使う戦闘は一回だけだろうけど、試《ため》し射ちはしてみたいからな。

「さーてと、モンスターはっと……」

最初に龍樹の弓の性能を確かめるため、モンスターを探す。

このダンジョンに出てくるモンスターは基本的にはトレントという木のモンスターだけ。

トレントはFランクのモンスターで、木でできた体をしている。木のモンスターなだけあってその場から動くことはできないけど、複数の根を使って連続して攻撃してくるモンスターだ。

「お、いた」

木が並んでいる中にトレントを一体見つけることができた。

魔樹のダンジョンというだけあって、トレントはダンジョンの中に無数に生えている木に擬態《ぎたい》してて一見《いっけん》しただけじゃ見分けがつかない。

でも、基本的にどのトレントも木の幹につり上がった目と口が付いているため、慣れてきたら一目瞭然《いちもくりょうぜん》だ。

「【捕捉《ロックオン》】」

俺は【捕捉《ロックオン》】を発動させて【魔法矢《マナ・ボルト》】で作った透明《とうめい》な矢を龍樹の弓につがえ、トレントに狙《ねら》いを定める。

今日初めて使う龍樹の弓はいつものとは違《ちが》う。

弦《つる》は柔《やわ》らかく、指先にかかる重さもほとんど感じない。

これは俺が前に使ってた弓と同じぐらいの軽さだ。

だけど、全力で弦を引き絞っても弓から軋《きし》むような音は一切《いっさい》ない。

「ふぅ……シッ!!」

息を整えてから俺は一気に矢を射つ。

射ち放たれた矢は一直線にトレントに向かって飛んでいき、その太い幹に命中する。

だけど、それだけで終わらず。矢はその幹を貫通《かんつう》し、奥《おく》に生えている木々も巻き込んで破壊《はかい》しながら直進していく。

そして、少し遠くにあった大木に突《つ》き刺《さ》さったところでようやく止まって甲高《かんだか》い音を上げて消えた。

「……うそぉ!!」

威力《いりょく》高すぎでしょ!!　まさかここまで威力が高いとは思わなかったんだけど!!　これ、絶対にボスとか一撃《いちげき》で倒せるじゃん!?

というかこれは【魔法矢《マナ・ボルト》】の貫通力というか攻撃力が高すぎて勢いが止まりきらなかったのか。

まあ、龍樹の弓に魔犬の腕輪の二つで攻撃力は結構上がってるし仕方ないな。

「……よし、逃《に》げよう」

そして、俺は早々にその場から逃げることを決めて走り出す。

「ここまで来れば大丈夫《だいじょうぶ》だろ」

普通《ふつう》に人はいるから、誰かに俺があの惨状《さんじょう》を作り出したってところを見られる前に逃げ出した。

とりあえず離れはしたから俺がやったってことはばれてないだろう。

見つかっても【捕捉《ロックオン》】のことがばれなければ特にこれということはないけど、まあ一応な。

「それじゃあ次は疾走の短剣を使ってみるか」

龍樹の弓を【アイテムボックス】に入れて、疾走の短剣を鞘から抜《ぬ》く。

このために今日、ダンジョンに入る前に【短剣術Lv.1】を取った。

あとは体が慣れてきたら徐々《じょじょ》にスキルレベルを上げれば良い。

そのためにSPは溜《た》めておいてあるんだ。

「トレント〜、どこだ〜？」

まずは疾走の短剣を試すために、またトレントを探して歩き回る。

しばらく歩くと、前方にトレントを見つけることができた。

「よし、早速行ってみよう」

そう決めて、トレントに近づいていく。

するとトレントもこちらに気づいたようで、無言で根っこを使って連続攻撃を仕掛《しか》けてくる。

「はっ!!」

俺はそれを疾走の短剣で受け流し、回避《かいひ》し、反撃《はんげき》する。

ただ、俺の攻撃力のステータスが高くなってるのもあって受け流すのを失敗すると、ただ根っこを破壊するだけに終わってしまう。

そうなると、次の攻撃が来るまでの時間も長くなるから、結局は避けたり、攻撃を受け流したりして隙《すき》を作り、そこを攻撃するしかない。

今回は倒すんじゃなくて戦闘技術の向上が目的なんだ。

できるだけ効率的にいきたい。

だけど、それをしばらく続けていると、根っこが出てこなくなった。

根っこを全部破壊しつくしたってことか。

「はあっ!!」

今度は俺の方から仕掛ける。

疾走の短剣で、攻撃してこなくなったトレントの体に突き刺さることなくするりと体に刃が通る。

そして、トレントは声を上げることなく、そのまま動かなくなった。

「よし、次だ」

俺は倒したトレントを回収しないで、魔石だけ取ってすぐにその場を離れてトレントを探しに行く。

それからしばらくしてまたトレントを見つけたら同じように短剣の練習をして倒す。

「ふぅ……よし、こんなもんかな」

トレントを疾走の短剣で十体倒し終わったところで一旦休憩《いったんきゅうけい》を挟《はさ》む。

ダンジョンに入ってからだいたい三十分ぐらいが経過した頃《ころ》だろうか。

まだ、ダンジョンに入ってそんなに時間が経《た》っていないけど、十体のトレントと戦闘を繰《く》り広げ、【短剣術】のスキルレベルを2に上げた。

スキルレベルを上げたことで短剣を振《ふ》る時のキレが上がった気がする。

それに、久しぶりに回避の練習も出来たお陰《かげ》で回避技術も上がってると思う。

「このまま続けたいけど……難しいか」

俺の今のステータスじゃ、これ以上トレントで練習するのには無理がある。

「仕方ない。ボスに行くか」

俺は休憩《きゅうけい》を終わらせてボス部屋に向かう。

ボス部屋の扉《とびら》はトレントと戦った二階層から三階層下りた五階層にある。

途中《とちゅう》、攻撃してきたトレントを一撃で叩《たた》きのめして五階層まで進む。

五階層まで下りると、今まで行った他のダンジョンと同じようにボス部屋の扉は開いていた。

「お、ラッキー。他の人はいなかったか」

このダンジョンは普通に人がいるから待つことになるかなとも思ったけど、開いててくれて助かった。

「それじゃあさっそく」

疾走の短剣を構えながらボス部屋の中に入る。

そして、俺が中に入り、数秒後に後ろのドアが閉まる音が聞こえた。

「オオオオォォォオ」

そして、低いうなり声と共に奥の暗闇《くらやみ》から一体のモンスターが俺の視界に映る。

そのモンスターは、トレントをそのまま大きくして、手をつけたようなモンスターで、その大きさは軽く7メートルはあるんじゃないか？　ってぐらい大きい木の見た目をしている。

そのボスモンスターの名前はイビルトレント。

攻撃方法なんかもトレントの攻撃を少し強化したようなボスモンスターだ。

「はっ!!」

とりあえず様子見ということで、疾走の短剣を構えてイビルトレントに近づく。

すると、イビルトレントはトレントよりも太い根っこを地面から出して攻撃してくる。

俺はそれをトレントと同じように回避し、受け流し、時には短剣で切断する。

「やっぱり硬《かた》いな」

俺の攻撃はしっかりと通るんだけど、やっぱりトレントよりも防御力が高くて刃を通す時に少し抵抗《ていこう》がある。

もうちょっと扱《あつか》いがうまくなれば抵抗なく、切ることは出来そうだ。

それに、少なくとも一昨日戦った白いコボルトよりは弱い。

大きさもはるかに大きいし、その根っこによる攻撃の手数と質量は怖《こわ》いけどそれだけだ。

俺は攻撃しながら観察を続けていく。

そして、しばらく斬《き》り合っていると、イビルトレントが根っこによる攻撃をやめて、両手を振《ふ》り上げて地面に叩きつけて振動《しんどう》を起こそうとする。

だけど、俺は跳《と》んで振動をやり過ごし、空中で体を捻《ひね》り位置を調整して、落下しながらイビルトレントに疾走の短剣を深く突き刺す。

「オオオォォオッ!!」

突然の痛みに悲鳴を上げるイビルトレントを無視して、短剣を全力で振り切る。

すると、疾走の短剣の切れ味も相まって、イビルトレントの胴体《どうたい》を切り裂《さ》き、大きな傷を負わせることが出来た。

だが、それでもイビルトレントはまだ倒《たお》せず、俺を掴《つか》もうとして手をこちらに向けてくる。

「甘《あま》いんだよ!!」

俺はもう一度《ど》、疾走の短剣で切りつけ、今度は腕《うで》を切断して、イビルトレントの手を弾き飛ばすことに成功した。

「よし！　これでとどめだ!!」

続けて、イビルトレントの顔に拳《こぶし》を叩き込んで、イビルトレントを木《こ》っ端《ぱ》微塵《みじん》にして倒した。

「ふう、なんとか勝てたか」

疾走の短剣を使った戦闘に慣れてきたけど、やっぱりまだまだだな。

結局最後には力任せの攻撃になってしまった。

「まあ、今回はそれで良いか」

なんにせよ、今日は戦闘技術の向上のためにこのダンジョンに来たんだ。これから直していけばいい。

「うっし！　それじゃあもうちょっと練習させてもらうか」

イビルトレントから取り出した魔石を【アイテムボックス】に入れてボス部屋の外に出る。

そして、人がいないのを確認してからまたボス部屋の中に入ってイビルトレントに挑《いど》む。

さて、今日は何回挑戦《ちょうせん》できるかな！

イビルトレント討伐《とうばつ》二十回目。

途中何回かボス挑戦に来たパーティーもいたから連続でというわけにはいかなかったけど、なかなか充実《じゅうじつ》した戦闘だった。

「そろそろ終わりにするかな……」

途中、疾走の短剣と龍樹の弓の切り替《か》えを早くした高速戦闘も試したけどうまくいったと思う。

当初の計画通り戦闘技術は見違《みちが》えるぐらい向上したし【短剣術】のスキルレベルも7になった。

「まさかスキルレベルを上げるだけでここまで動きが良くなるなんて思ってもなかったな」

【短剣術】のスキルレベルが7になっただけで高速戦闘がかなり楽になったし、【弓術】もスキルレベルを7にしたから格段に弓の扱いも熟練度が上がった。

だけど、今日はこれで終わりだ。

「それじゃあ、最後の一回行きます「やったー！　着いたー!!」うん？」

ラスト一回のつもりでボス部屋に入ろうとしたら、後ろの方から女の子の声が聞こえた。

「……」

俺は反射的に声の聞こえた方に振り返ると、そこには一人の木製の杖《つえ》を持った女の子。

その女の子は、金色の髪《かみ》を肩《かた》のあたりで揃《そろ》えており、髪の色は金色だけど、目だけは碧色《へきしょく》をしていた。

そして、その顔立ちはとても整っており、一目見ただけでもかなりの美少女だということがわかる。

だけど、異色を放っているのはその後ろにいる存在。

石の体を持ち、背には羽、両腕《りょううで》には鋭《するど》い爪《つめ》が生えているモンスター。腕に青いスカーフを巻いたガーゴイルがカメラを構えて女の子の後ろを飛んでいた。

え、なにその状況《じょうきょう》？

「いや～ここまで大変だったね♪　苦戦はしなかったんだけどトレントってあんなにわからないものなんだね♪」

すると、今度はカメラを構えているガーゴイルの方を向いて話し始める。

なるほど、あの子はＰｏｕｔｕｂｅｒか。

それならあのカメラもカメラを持っているガーゴイルにも納得がいく。

それじゃあ今は動画の撮影《さつえい》中か。

ダンジョンの中は電波が届かないから生放送なんかは難しいけど普通に撮影だけなら出来るからな。

実際俺も攻略《こうりやく》の動画とかにはかなりお世話になってたりする。

「でも、せっかくここまで来たけどソロじゃボスに挑戦は出来ないよね♪どこかパーティーに空きのある人達《たち》がいれば良いんだけど……」

そう言って周りを見渡《みわた》す女の子。

そんな女の子は俺を見つけると、視線を俺に固定したような気がした。

……スゥー……俺じゃないけど捕捉《ロックオン》された気がするな。

「すいませーん♪」

そして、女の子は俺に近づいてきて話しかけてくる。

「えっと、わたし今一人でボスに挑戦するのが難しいのでよかったら一緒にボス戦どうですか？　お兄さん!!」

そこで頷《うなず》かず、一旦《いったん》冷静に考えてみる。

女の子は少なくともさっき苦戦しなかったって言っていたし、Fランクのモンスターは簡単に倒せるぐらいの力はあるだろう。

それに、持っている杖から考えるに魔法を使うだろうけどソロでここまで来てる。

そのことを考えたら結構な実力の持ち主だろう。

だけど、確かに魔法は効くけど、ソロでイビルトレントは難しい。そんな印象だ。

これなら俺が前衛を務めて時間を稼《かせ》いであげれば余裕《よゆう》で倒せそうだな。

ガーゴイルは……うん。カメラ持ってるもんな。

戦力としては考えないでおこう。

確かこういうことについてきてるカメラ役のテイムモンスターは、撮《と》ってる対象が助けを求めたり危険な状況と判断したら助けてくれはするらしいし。

……まあ、いいか。

俺はまた後でもう一回やればいいや。

それに、疾走の短剣《たんけん》しか使わないだろうから【捕捉《ロックオン》】スキルのことがばれるわけでもないし。

「わかった。俺で良ければ協力するよ」

「ありがとうございます！　わたしはリーシェ、この子はガーくんです！　よろしくお願いします!!」

「……えっと本名じゃないよな？」

「もちろん！　わたしのハンドルネームですよ！　わたしが配信者なので本名は言えないんです！　あ、そういえば撮影してますけど大丈夫ですか？」

「ああ、いいよ。」

「わかりました！　では早速《さっそく》いきましょう!!」

う～ん。勢いが凄い。

まあ、一応勝手に撮影し続けたりとかしないっていう最低限のマナーは守ってくれてるみたいだしいいか。

「あ、わたしは火と風の魔法を使います!!」

「そっか。じゃあ俺は前衛をするから援護《えんご》よろしくな」

「はい！　お任せください!!」

リーシャは胸に手を当てて自信満々に答える。

……新人の探索者のパーティーに注意事項《じこう》とかを教えてた時に似たようなこともあったしまあ、大丈夫でしょ。

「よし、じゃあ行くか」

「はい！　あ、でもちょっと待ってください」

「うん？」

「自己紹介《しょうかい》がまだでしたので！　……コホン。初めましてこんにちは！　みんな大好き、みんなのアイドル！　リーシェちゃんだよ♪」

おお、切り替え早い。

「お～凄《すご》いね～」

「アハハッ。触《ふ》れないでくださーい♪」

そう言いながら指でVサインを作る。

うむ。可愛《かわい》い。

だけど、やっぱりこの子もノリが良いな。

正直助かる。

「――よし！　お兄さんさっそく行きましょう!!」

「おう」

こうして、俺はリーシェと一緒にボス部屋に入った。

「うわぁ……緊張しますね……」

リーシェの言葉を聞きながらボス部屋に入ると、そこには先程《さきほど》までのイビルトレントとは違う存在がいた。

その体はさっきまでのイビルトレントと一緒だけど、一目見ただけで違うとわかる点がある。

それは体色が白いところ……！

「オォォォォオオオ!!!」

そして、白いイビルトレントは雄叫《おたけ》びを上げ、俺たちに向かって襲《おそ》ってくる。

「ガーくん!!」

「ひゃあっ！　な、なんですか!!」

俺は咄嗟にガーくんに声をかけ、リーシェを抱《かか》えてボス部屋の外に出ようとする。だけど白いイビルトレントの方が一歩上手だったらしく、ボス部屋の外に出るための扉を地面から根っこを生やして塞《ふさ》いだ。

そして、その扉を塞ぐ壁《かべ》はどんどん厚くなっていく。

「しまった……!!」

「ど、どうなってるんですかこれ!!」

「まだ気づいてなかったのか……あいつは、あのイビルトレントは突然変異《ミュータント》モンスターだ」

一昨日遭遇《そうぐう》したばかりの白いコボルトのような突然変異モンスター。

それもボスの突然変異モンスターだ。

「そんな……それじゃあ逃げられませんよね……？」

「無理だろうな」

突然変異モンスターの白いイビルトレントは腕も太く、強靭《きょうじん》になっている。

それに、あの扉を塞いだのをみると、根っこも多くなっていて、操作技術もかなり上がっているだろう。

「そ、そんな～！　どどどうしましょー!!!!」

「う～ん……」

まあ、倒すだけなら簡単だしさっさと倒しちゃうか。

最悪Dランクモンスターのガーくんもいるからなんとかなるだろうし。

だけどその前に……

「ハッ!!」

「ヒャァッ!!」

リーシェの方に向かって伸《の》びてきていた根っこを全部疾走の短剣で叩き切る。

「あ、ありがとうございます……」

「気にするな。それよりほら、どうする？　まだあいつに挑むか？」

一応挑戦する気があるか震《ふる》えてるリーシェに聞いてみる。

そして、同時に、白いイビルトレントが待ってくれるわけもなく、根っこを伸ばして攻《こう》撃《げき》してくるからそれを全て切り落とす。

「この通り、俺一人でも勝てるけど、君が戦いたいって言うんだったら俺はその意思を尊重するよ」

俺がそう言うと、少し考えたような仕草をしたあとリーシェの口が開かれた。

「……いえ！　戦います！　戦わせてください!!」

……へぇ、随分《ずいぶん》良い目になった。

恐怖《きょうふ》はあるだろうけど、それ以上に強い意志を感じる。

震えてはいるけど、これなら大丈夫か。

「よし！　それじゃあ露払《つゆはら》いは俺がやってあげるから思う存分魔法《まほう》を撃《う》ちまくれ!!」

「はい！　ありがとうございます!!」

「じゃあ……行くぞ!!」

「はい!!」

こうして俺はリーシェと共に白いイビルトレントに挑戦するのだった。

変わらず前衛を務めるのは俺。後衛でひたすらダメージを出すのはリーシェ。

俺は迫《せま》ってくる根っこを今度は受け流したりせずにすべて正面から迎《むか》え撃ち、リーシェが魔法を使う時間を稼ぎ続ける。

そして――

「火球《ファイアボール》!!」

リーシェの放った火球によって白いイビルトレントは炎《ほのお》に包まれていく。

魔法はイメージだ。スキルレベルが充分《じゅうぶん》あれば、イメージ次第《しだい》でどんな魔法も撃てる。

だから詠唱《えいしょう》なんかは必要ないけど、魔法名を叫《さけ》んでイメージを固定して魔法を撃つ人も多数いる。

リーシェはそのタイプみたいだな。

「オオォォオオ!!!」

だけど木に炎とはいえ、そこは突然変異ボスモンスターの白いイビルトレント。

まるで効いてないといわんばかりに根っこで反撃しようとしてきた。

「させねぇよ!!」

「キャアッ!!」

その攻撃をすべて疾走の短剣で切り裂いて防ぐ。

そして、リーシエも負けじと次の魔法を放つ。

「風刃《ウインドカッター》！　火矢《ファイアアロー》!!」

風の斬撃《ざんげき》で斬り裂き、火の矢で貫《つらぬ》く。

だけどやはりこれも効かないと言わんばかりの態度でまた根っこで攻撃してくる。

だけど、【鑑定《かんてい》】してHPを見たら確実にHPは減っていっていた。

総量１５００に対して20ぐらいずつだけどな！

だけど、恐怖に打ち勝ってこうして戦ってるんだ。好きなようにやらせてあげよう。

そう思いながら俺《おれ》は白いイビルトレントの攻撃を防ぐことに専念し、リーシェはひたすら魔法で攻撃する。

そして、ついにその時が来た。

「はぁ……はあっ……はっ……すいません！　ＭＰが切れました!!」

「おう、お疲《つか》れさん。よく頑張《がんば》ったな」

「はいっ!!」

白いイビルトレントの根っこによる攻撃を全部捌《さば》いてから、リーシェのところに戻《もど》る。

「よく頑張ったな。あとは任せろ」

「はい……お願いします」

リーシェは息も絶え絶えながらそう言ってくれる。

これはただ単に魔法名を叫びすぎたからだろう。

ＭＰが切れてこんなことになるんだったら俺なんてボス周回が終わったあとは何回もこうなってるからな。

俺は白いイビルトレントに向かって駆《か》け出す。

「さあ、本番だ。覚悟《かくご》しろよ？」

「オォオオ!!」

白いイビルトレントは叫び声を上げ、根っこを鞭《むち》のようにして伸ばしてくる。

向かってくる根っこを全て後ろにいるリーシェに当たらないように切り落としていく。

そして、【アイテムボックス】から龍樹の弓を練習したように取り出す。

「え？　お兄さん、それは……？」

「ああ、これは俺の本命の武器だ」

どうせ見せることはないだろうと思ってリーシェには説明していなかったが、これが俺の本当の武器。

「【複数捕捉《マルチロックオン》】」

リーシェの持つカメラに聞こえない程度の声で呟《つぶや》いた後、【魔法矢《マナ・ボルト》】で三本の矢を作って弓を引き絞《しぼ》る。

狙いは今も迫ってきている複数の根っこ。

「シッ!!」

放たれた三本の矢は全て根っこに命中し、突き刺さったあともさらに先の根っこもまとめて吹《ふ》き飛ばす。

「……はえ？」

リーシェがポカンとした表情になる。まあ当然だよな。

でもこれで終わりじゃないぜ？

「まだまだ行くぞ!!」

そして、同じように【魔法矢《マナ・ボルト》】で三本ずつ矢を作って射《う》ち出し続ける。

射ち出された矢は次々と根っこを貫通して破壊していく。

「オオォォオオ!!!」

白いイビルトレントもただでやられる気はないのか、俺が根っこを破壊するのと同時にどんどんと枝を伸ばして俺を攻撃《こうげき》してきた。

だけどそんな攻撃は当たらなければ意味がない。

俺は矢を放ち続け、迫り来る根っこを全て射ち壊《こわ》していく。

そんな事を続けていくと、白いイビルトレントが地面から根っこを出さなくなり、強靭な腕を無駄《むだ》に振るだけになった。

トレントと同じように、出せる根っこは全て破壊したみたいだな。

「すごい……」

リーシェから感嘆《かんたん》の声が漏《も》れる。

「よし……それじゃあ、とどめ!!」

白いイビルトレントに標準を合わせ、全力で弓を引き絞り、つがえた矢を射ち出す。

「オ、オオォォォォ……」

射ち出した矢は、白いイビルトレントの体を穿《うが》つ。

そしてそのままその体を貫くと、相手は呻《うめ》くような声をあげて、徐々にその声を小さくしていき完全に動かなくなった。

……てかやっぱり一撃かよ……

『レベルが３上がりました』

天宮楓
レベル３３１
ＨＰ：３３３０／３３３０　ＭＰ：２１７５／２１７５
攻撃力《こうげきりょく》：４０３（＋52）
防御力《ぼうぎょりょく》：３５３（＋12）
俊《しゅん》敏《びん》：９８３（＋６３７）
器　用：５０８（＋１５２）
精神力：１１２３（＋７８７）

幸　運：50
BP：15
SP：455
スキル：【魔法矢《マナ・ボルト》Lv.11】【弓術《きゅうじゅつ》Lv.7】【鷹の目《たかのめ》Lv.2】【アイテムボックスLv.4】【捕捉《ロックオン》Lv.10】【鑑定Lv.5】【MP増加Lv.5】【MP回復速度上昇《そくどじょうしょう》Lv.5】【短剣術Lv.7】

「やった……やったー！　勝ちましたよ！　お兄さん!!」

「おお、そうだな。リーシェもよく頑張ったな」

「はい!!」

白いイビルトレントを倒して、リーシェとハイタッチをして喜ぶ。

この子と同じような頃の俺なんかよりずっと強いんだろうけど、今回は運が悪かった。

普通のイビルトレントならあの魔法で倒せそうな威力はあったしな。

「ふう……お兄さん、ありがとうございました」

「ああ、気にするなって。それより、怪我《けが》とかしてないか？」

「はい、大丈夫です。お兄さんが守っていてくれたので」

「そっか、よかった」

俺が守ったおかげって言うけど、それでもあの白いイビルトレント相手に立ち向かっただけでもリーシェは凄いと思う。

「それじゃあ♪　少しアクシデントはあったけど、イビルトレントの討伐成功です♪　良かったらチャンネル登録と高評価よろしくね♪」

俺が感心していると、リーシェはその間にガーくんの持っているカメラに向かって話し始める。

なんか、すっかり忘れていたが、そういえばそういう設定だったっけ。

あの諦《あきら》めなかった姿を見たら違和《いわ》感《かん》がすごいけど。

リーシェの撮影が終わった後、リーシェはその場に座《すわ》り込《こ》む。

「……ふぅ……疲れた」

俺はそんなリーシェに近づいて、【アイテムボックス】から取り出した水の入ったペットボトルを差し出す。

「ほれ、飲んどけ。結構動いて汗《あせ》かいてるだろ？」

「あ、ありがとうございます。えっと、お金……」

「いいよ別に。これぐらいはサービスだ」

そう言ってリーシェにペットボトルを投《な》げ渡《わた》す。

「すいません、お言葉に甘えさせていただきます」

リーシェは俺に礼を言ったあと、水を飲んで一息つく。

俺もそれを見たあとに【アイテムボックス】からもう一本、水の入ったペットボトルを取り出して口に含《ふく》む。

ふぅ……やっぱり運動したあとの水はうまいな。

「ぷはぁ……生き返りました。それにしても、お兄さんって強かったんですね」

「ん？　ああ、まあそれなりにな」

あんまり、というか絶対に強さの秘訣《ひけつ》は言えないんだけど、それなりというのは嘘《うそ》はついてない。

実際俺のレベルなんてトップクラスの探索者《たんさくしゃ》に比べたら全然だし。

「それにしてもさっきのはすごかったですね！　あの矢を作るやつ。今まで見たことなかったんですけどお兄さんのユニークスキルですか!!」

「ああ、うん。まあそんな感じだ」

俺のことなんて案内人なんて呼ばれてたこともあって調べればすぐにわかるだろうし、正直隠《かく》す必要もないだろ。

あまりばれたくないって言ってもそれはユニークスキルを二つ持っていること。

それなら【魔法矢《マナ・ボルト》】だけなら動画に残ってても問題ない。

「へぇ～、どんな能力なんでしょう？」

「ま、内緒《ないしょ》。ほら、それよりイビルトレントの素材回収しようぜ」

「むう……わかりました。後で教えてくださいね」

「気が向いたらな」

ふふふふふ……気が向いたらとは言ったけど教えるとは言ってない。

そんなことを言いながら頬《ほお》を膨《ふく》らませているリーシェと一緒《いっしょ》に白いイビルトレントに近づく。

さっきまで遠距離《えんきょり》攻撃《こうげき》や根っこを迎撃《げいげき》することでしか白いイビルトレントとは戦わなかったけど、今近づいてみたらその大きさがよくわかる。

「は～おっきいですね。こんなに大きな木は初《はじ》めて見ましたよ。さすがボスモンスターといったところでしょうか」

「確かに大きいな。普通のイビルトレントは7メートルぐらいだったけどこいつは10メートルぐらいはありそうだ」

白いイビルトレントの大きさは10メートルほどあるように見える。

これは発達した強靭な腕も相まってかなりでかいな。

「それじゃあさっそく魔石《ませき》取っちゃいましょう!!」

「おう。だけど、その前に……リーシェ、そいつに素手《すで》で触れてみな」

「え？　はい……」

不思議そうな顔をしながらもリーシェは俺の言った通りに白いイビルトレントに触れる。

すると――

「きゃあ!!」

白いイビルトレントにリーシェが触れた瞬間《しゅんかん》、リーシェの触れた場所から光りだし、視界を真っ白に染める。

これは白いコボルトの時に体験してるから知っていた俺は驚《おどろ》かなかったけど、リーシェは驚いたらしくかわいい悲鳴をあげていた。

そして光が収まると、イビルトレントの死骸《しがい》に一本の木製の杖が立て掛《か》けてあった。

「これは……？」

「聞いたことないか？　突然変異モンスターを倒した時にもらえるアイテムだよ。ほら、この腕輪《うでわ》も突然変異モンスターのコボルトを倒した時のやつだよ」

呆然《ぼうぜん》と杖を見ているリーシェに魔犬の腕輪を見せながら説明する。

まあ、突然変異モンスターは何が出るか出現数が少なくてちゃんとわかってなかったから完全ランダムだったけど、出てきたのは杖か。

　それじゃあ……

「リーシェ、この杖いる？」

「ふぇっ!?　そ、それはどういう!!」

「いや、出てきたのは杖だし俺は使わないから魔法を使うリーシェはどうかなって思って」

「でも、これお兄さんが倒したんですよね!?　ならお兄さんのものでは……」

　リーシェはもじもじしながら遠慮《えんりょ》がちに言う。

「いや、俺は杖は使わないから必要ないいんだよ。だからリーシェにあげるよ」

「いや、でも……」

　それでもまだ遠慮しているのか、なかなか受け取ろうとしない。

「いいよ別に気にしなくて」

「いえ！　そういうわけにはいきません!!」

　……なんだか意外と頑固《がんこ》みたいだ。

　う～ん……どうしたら受け取ってくれるかなぁ。

　……あ。

「オッケーわかった。受け取れないって言うんだったら無理に押《お》し付けるのはなしだ。ならこうしよう」

「なんですか?」

「こうしてパーティーとして戦ったからには戦利品の分配は必要だよな?」

「えっと、そうなんですかね……?」

「そうなんです。それじゃあ杖はリーシェにあげるよ。その代わり、俺の取り分はこのイビルトレントでいいか?」

俺の提案を聞いて、リーシェは少し考えたあと、首を縦に振った。

よし。これで無事に解決したな。

……正直杖は本当に要《い》らなかったし、突然変異ボスモンスターのイビルトレントはもらっても無駄にならないし。

てか、龍樹の弓をもらったお礼として誠三さんに渡そう。

突然変異ボスモンスターは結構珍《めずら》しいだろうし、いらないとは言われないはずだ。

「ありがとうございます! 大事に使わせてもらいます!!」

嬉《うれ》しそうな顔をしながら杖を抱えて笑うリーシェを見て俺も思わず笑《え》みを浮《う》かべる。

そして、俺は同時に【アイテムボックス】に白いイビルトレントを入れる。

……上げてて良かった~【アイテムボックス】のスキルレベル。

感覚的にスキルレベルを上げてなかったら入りきってなかったぞこれ？

「さてと、それじゃあ解散でいいかな？」

「はい、わたしは大丈夫《だいじょうぶ》です。そんなもう一度挑戦《どちょうせん》できるＭＰもないですしね」

リーシェの言葉に苦笑いする。

確かにあれだけ魔法を使ってたし途中《とちゅう》でＭＰ切れてたもんな。

俺もボス部屋に入る前まではリーシェに付き合ったらもう一回挑戦するかって考えてたけど、突然変異ボスモンスターとやりあったし満足かな。

「そっか。それじゃあ解散ってことでいいな？」

いや～久しぶりにパーティーで戦ったし探索者の手伝いも久しぶりだったな。

リーシェは初心者ってわけでもなかったけど、まあ変わらないでしょ。

「えっと……」

「うん？　まだなにかあったりする？」

「あの……その……一緒にダンジョンから出てくれませんか？」

少し考えたらわかったことだよね。

戦闘《せんとう》中にリーシェはＭＰが切れたって言ってたんだからＭＰがそんな残ってるわけがない。

そんなわけで結局、ＭＰが切れていたリーシェを護衛しながら魔樹《まじゅ》のダンジョンを進み、外まで送ってきた。

リーシェは終始申し訳なさそうな顔をしていたけど、俺的には問題はなかったからそこまで気にしなくてよかったんだけどな。

「あ～疲れた～」

そして、家まで帰ってきた俺は大きく伸びをする。

本当に今日はいろいろありすぎた一日だった。

……というか突然変異ボスモンスターのイビルトレント。

それに加えてリーシェの動画撮影。

……濃《こ》いな……。

【捕捉《ロックオン》】スキルは聞こえないように本当に小さい声だったし、ユニークスキルは一人一つっていう考えだし【魔法矢《マナ・ボルト》】の方が目立つからばれることはないだろう。

「……てかリーシェの本名聞いてねぇ……」

あの時リーシェは本名を名乗ってなかったし、俺もリーシェって呼んでたし……

まあ、また会う機会もどこかであるでしょ。

とりあえず今日のところはやることやってゆっくり休もう。

「誠三さんにイビルトレントを渡すのはまた魔犬のダンジョンに行った時でいいし……あとはＳＰの割《わ》り振《ふ》りか」

天宮楓
レベル３３１
ＨＰ：３３３０／３３３０　ＭＰ：２１７５／２１７５
攻撃力：４０３（＋52）
防御力：３５３（＋12）
俊　敏：９８３（＋６３７）
器　用：５０８（＋１５２）
精神力：１１２３（＋７８７）
幸　運：50
ＢＰ：15
ＳＰ：４５５
スキル：【魔法矢《マナ・ボルト》Lv.11】【弓術Lv.7】【鷹の目Lv.2】【アイテムボックスLv.4】【捕捉《ロックオン》Lv.10】
【鑑定Lv.5】【ＭＰ増加Lv.5】【ＭＰ回復速度上昇Lv.5】【短剣術Lv.7】

今回は【短剣術】のスキルレベルをどこまで上げられるかわからなかったから一応ＳＰは残しておいたけど、とりあえずこれで充分だろ。

だけど、そうなるとどのスキルを取ってどのスキルのレベルを上げるかだけど……４５ＳＰか。

「うーん……」

やっぱりここはアレかなぁ？

【魔法矢《マナ・ボルト》】のスキルレベルを上げるか？

いや、でも戦闘系のスキルだけじゃなくて補助系のも上げたいんだよな。

「うう……悩《なや》む……」

正直疲れてるのもあって頭は回ってないと思うけど、それ含めてかなり悩む。

「よし、決めた」

俺はおもむろにステータスを開き、そこからＳＰを振り分ける。

今回のＳＰの振り分けはこんな感じ――

【魔法矢《マナ・ボルト》Lv.12】：60ＳＰ

【鷹の目Lv.５】：60ＳＰ
【アイテムボックスLv.７】：90ＳＰ
【ＭＰ増加Lv.７】：65ＳＰ
【ＭＰ回復速度上昇Lv.７】：65ＳＰ
【索敵《さくてき》Lv.５】：80ＳＰ

――になった。

35ＳＰ余ったけど、これはまたスキルを取ったり上げる時のために貯金だな。

そして、この振り分けに関しては、基本的にいつも通りなんだけど、今回は違《ちが》う点があったりする。

今回新しく取ったスキル、【索敵】。

このスキルは魔犬のダンジョンでコボルトを警戒《けいかい》してた時や魔樹のダンジョンでトレントを探してた時に欲《ほ》しいなと思ったスキルだ。

このスキルは名前からもわかるように敵の位置を知ることができるスキル。

俺が欲しいと思っている理由はただ単にボス部屋まで行く時間を短縮するためだ。

まあなにが言いたいかというと、ボス討伐《とうばつ》には関係ないけどそこまでの道のりを早く行くためのスキルだ。

一応ダンジョンに潜《もぐ》る前に最短ルートをしらべてるけど、モンスターまではどうしようもならない。

「まあ、これで不意打ちされる心配もなくなったし、道中も安心だな」

そして、他のスキルもかなり悩んでスキルレベルを上げた。

【魔法矢《マナ・ボルト》】は新しい効果を取ることを願ってスキルレベル20を目指している。

まあ、【捕捉《ロックオン》】スキルの前例もあるから効果じゃなくてスキルの可能性もあるけど。

そして、【アイテムボックス】以外のスキルはレベルアップの効率向上のために上げた。

【鷹の目】はボス部屋に入ってすぐに【鑑定】、【捕捉《ロックオン》】ができるように。

他二つは周回回数を増やすために取った。

そして、【アイテムボックス】は回収数を増やすためだ。

「……うん、なかなかいいんじゃないか?」

自分ではかなり満足している。

それに、一日だけだけど魔樹の複数の根っこ相手に戦闘訓練をしたんだし、一応は成長したと思ってもいいだろう。

「明日からはまたレベリングだ!!」

てなわけで……風呂《ふろ》入って寝《ね》る！
おやすみ！

天宮楓
レベル331
HP：3330／3330　MP：2375／2375
攻撃力：403（+52）
防御力：353（+12）
俊　敏：983（+632）
器　用：508（+152）
精神力：1138（+802）
幸　運：50
BP：0
SP：35
スキル：【魔法矢《マナ・ボルト》Lv.12】【弓術Lv.7】【鷹の目Lv.5】【アイテムボックスLv.7】【捕捉《ロックオン》Lv.10】
【鑑定Lv.5】【MP増加Lv.7】【MP回復速度上昇Lv.7】【短剣術《たんけん》Lv.7】【索敵Lv.5】

＊　＊　＊

「くそくそくそくそおっ!!!」

部屋の中、男がスマホを持ちながら突然大声をあげる。

その男は魔犬のダンジョンの監視者《かんし》で、現在謹慎《きんしん》中の男であった。

「何で俺がこんな目にあわなきゃならねえんだよっ！　これも全部あの男が！　あの男がいなければ!!」

『うるさいぞこのバカ！　これだけの処分で助かったと思え！』

通話相手は同僚《どうりょう》の探索者協会の職員。

彼《かれ》は今回の件について責任を取らされ、クビになりかけていたところを助けられた恩がある。

しかし助けられたとはいえ、彼の怒《いか》りは収まらなかった。

「ふざけるんじゃねぇ!!　あいつのせいで俺はクビになるところだったんだぞ!!」

『そのことについては同情するが、お前がやったことは犯罪行為《こうい》だ。それに、いずればれていただろうしな。だから俺はちゃんと行っておけと忠告したんだぞ？』

電話越《ご》しでもわかるほど呆《あき》れた様子の声を出す同僚。

だが、彼からすればその言葉は逆効果だった。

そして数秒後、絞り出すように同僚職員に対して言葉を返す。

「クソが……っ!!」

『それで、これからどうするつもりだ？　あの二人には連絡《れんらく》したし、こっちでも証拠《しょうこ》は隠《いん》蔽《ぺい》しておくが……』

「……黙《だま》って引き下がれるわけねえだろ……!!」

そう言って再び怒《ど》鳴《な》り散らす男。

その後、数分にわたって口論が続き、ようやく落ち着いたところで会話は終了《しゅうりょう》した。

そして、落ち着くと思《おも》い浮かぶのは、ガキどもを助けたとか抜《ぬ》かしてやがったあの探索者。

「くそが！　あの案内人《ナビゲーター》なんて呼ばれてたあの探索者がDランクダンジョンの、しかも突然変異モンスターを倒《たお》せるわけないだろ!!」

そう叫ぶ男だったが、ふとあることに気づく。

「……そうだ。そもそもそこまでの強さじゃねぇんだ……!!」

ニヤリと口角を上げる。

「だったら話は簡単だ……！　あいつを、あの男を消しちまえばいいんだ……!!」

クックッと笑い、まるで悪魔《あくま》のような笑顔《えがお》を浮かべた男は、ある場所に連絡を入れるのであった。

第7章　束の間の休息

朝になり、長い時間電車の中で揺《ゆ》られて再びやってきたのは魔犬のダンジョン。

魔犬のダンジョンに入る前に、誠三さんの家に行って白いイビルトレント（疾走《しっそう》の短剣による解体の手伝い付き）も渡してきたし、今日はひたすらレベルを上げるぞ！

途中で出てきたコボルトも【索敵】で先に気づいて倒しながら進んで、魔石を回収できて稼《かせ》ぎも結構いい感じだ。

「これからもレベルが上がる前までの俺を考えたら売れないようなランクのアイテムばっかりゲットできるようになるだろうし、稼げるうちに稼げるようにしとかなきゃな」

企業《きぎょう》やギルドに所属すれば話は変わってくるんだろうけど、案内人《ナビゲーター》として少し有名になっちゃった俺を拾ってくれるところなんてなさそうだしな。

まあ、拾ってくれたとしても初心者育成のためとかだろう。

「まあ、こうして一人でゆっくりマイペースにやってる方が俺に合ってるから別にいいんだけどな」

そんなことを言いつつ魔犬のダンジョンを進み、ボス部屋に到着《とうちゃく》した。

そして、レベル上げを開始する。

「ハッ‼」

「ギャゥン‼」

時に正面からハイコボルトと戦い、爪《つめ》や牙《きば》と疾走の短剣を打ち合わせる。

「ハイ、ハイ」

時にボス部屋の外から一方的に【魔法矢《マナ・ボルト》】で射ち続けてハイコボルトを倒す。

「シッ‼」

「キャンッ‼」

時にボス部屋に入って正面から弓を使って戦う。

尚《なお》、ハイコボルトが泣いていたような気がするけどそんなわけないので無視する。

そして、本日二十五回目。

「ハイッと」

ボス部屋の外から弓を射ちハイコボルトを倒す。

ちなみにハイコボルトは龍樹《たつき》の弓を使えば三発で倒せるようになってたりする。

龍樹の弓が強い……

そして、開いた扉《とびら》からボス部屋に入ってハイコボルトの死骸を回収した。

「だけど、これでアイテムボックスはいっぱいか……」

さすがに、魔犬のダンジョンに入る前から入っていたものと何体かのコボルト、そしてハイコボルト二十五体は俺の【アイテムボックス】をいっぱいにするには充分だったらしい。

「一旦《いったん》素材を売りに帰るか……」

本日の稼ぎはコボルトの素材込みで約八万《まん》。

意外と誰《だれ》が売ってもばれないもんだね。何も聞かれず買い取りされたわ。

そして、レベルは２７４の上昇《じょうしょう》となった……エグすぎ……！

そして、さらに翌日。

今日は土曜日。

土曜日と日曜日は副業で探索者をやってる人達《たち》や、学生で探索者をやっている初心者探索者がダンジョンに潜るから今日はお休み。

特に、土曜日は体力のない学生探索者が日曜日を休みにするために来るからめちゃくちゃ人が多い。

「とはいえ何をするか……最近レベルアップが楽しすぎてずっとダンジョンに潜ってたし

な」

俺はスマホを見ながら考える。

最近はダンジョンに潜ることしか考えてなかったけど、なにか面白《おもしろ》そうなことはないかな……うん？

「これはリーシェの動画か？　しかもあの時の。もう編集が終わったのか？」

スマホを使ってなにか面白いことないかな？　と思ってたらたまたま見つけたのは少し前にアップされていたリーシェの動画だ。

しかもタイトルが『激闘《げきとう》！　魔樹のダンジョンの突然変異《ミユータント》ボスモンスター！』というタイトル。

魔樹のダンジョン、突然変異ボスモンスター。

うん。身に覚えしかないタイトルだな。

「……見てみるか。少し気にはなるし」

再生ボタンを押す。

すると、画面が切り替《か》わり、俺が戦ったボス部屋での戦いが映し出される。

「うぉっ！　これ俺じゃん!!」

思わず声が出てしまった。

いやだって、俺《おれ》が戦ってる所をこんな綺麗《きれい》に撮《と》られてるんだよ？

恥《は》ずかしいったらありゃしない。

しかもあの時の若干《じゃっかん》中二感のあるセリフも。

あ〜!!!　恥ずかしい！

コメントもチラッとしか見てないけど恥ずかしいから見るのやめよう……

そして、戦いの最後に俺が一撃《いちげき》で【魔法矢《マナ・ボルト》】を使って倒したところもしっかりと映されていた。

一応、問題の【捕捉《ロックオン》】は音声に入ってなかったと確認《かくにん》できたしオッケー。

「……外に出よう。なんか家にいると余計に色々考えちゃいそうだし」

そうして、俺は外に散歩に出る。

「うん、いい天気だ」

雲一つない青空を見てポツリと言う。

こういう時、外で何かをするなら絶好のアウトドア日和《びより》というやつなんだろうな。

「ま、俺の場合は外に出る理由は特にはないんだけどな」

家にいても暇《ひま》なことに変わりはないし、スマホを弄《いじ》っていると動画のこともあるし、散歩でもした方がいいだろう。

というか散歩でもしないと羞恥心《しゅうちしん》で死んでしまいそうになる。主に精神的に。

さらっとあの動画、急上昇《きゅうじょうしょう》ランキングにのってたし。

「んー、どこ行こうかな」

とりあえず適当に歩く。

別に目的地があるわけじゃないから行きたいところがあればそこに行くし、無ければそのまま帰るだけだ。

ただ歩くだけっていうのも、結構時間が経《た》ってるものだしな。

しばらく歩いていると、ショッピングモールが見えてきた。

「……お、懐《なつ》かしいな」

それは、俺が高校生の頃《ころ》に元パーティーメンバーと一緒によく遊びに行ったショッピングモールだ。

尚、パーティー脱退《だったい》後は一切《いっさい》来ていないものとする。

「よし。久しぶりにゲーセンでも行くか」

せっかくだし、とゲーセンに入る。

ゲーセンのエリアに行くと、まだ昼前だからか人は少ない。

だけど、休みの日なのもあって、クレーンゲームやアーケードゲーム、メダルゲームなんかをやってる子供達が何人か見える。

「あ、ガンシューティング……久しぶりだしやってみるか」

昔を思い出しながらガンシューティングゲームをしてみることにする。

百円を入れて銃《じゅう》を構える。

「さてさて……いつもと得物は違うけど……当たるかな?」

ゲーセンに来るのは久しぶりだし鈍《にぶ》ってなければいいんだけどな。

そんなことを思いながら、ステージ開始のカウントダウンが始まる。

そして、カウントがゼロになった瞬間に俺は引き金を引いた。

＊　＊　＊

「……久しぶりだったけど結構いけるもんだな」

俺はクリアタイムが画面に表示された画面を見つめつつ呟《つぶや》く。

レベルが上がってステータスが上がっていたから、動体視力なんかや反射神経は上がったけど、銃を壊《こわ》さないように注意もしなきゃだったからまあまあのタイムだった。

「さて、次はどうしようかな」

一応他にも興味を引くものはいくつかある。

メダルゲームに音ゲー、格闘《かくとう》ゲーム、レースゲーム、クレーンゲーム。

さて、どれにするか…。

「クレーンゲームでもするかな」

特に理由もなく、目についたぬいぐるみを取ることにした。

そのぬいぐるみはデフォルメされてはいるものの、どこか愛くるしい顔つきをしている白熊の人形である。

「よし、いくか……」

百円を投入し、ボタンを操作してアームを動かす。

一回目はアームの左爪を使って出口に近づける。

さらに百円を投入する。

二回目は右爪を使って持ち上げる。

さらに百円（以下略
三回目は……

「おっ、上手《うま》くいったな」

三回目のチャレンジで上手く持ち上がって、出口まで持っていった。

「よし。上手くいったな」

これでゲットだぜ！

そこまでクレーンゲームは得意ではないから一発で取ったりするのは難しいけど、三回で取れた今回は運が良かったな。

「ふぅ……そろそろ帰ろうかな……うん？」

俺が取った白熊のぬいぐるみを持って立ち上がろうとした時だった。

少し進んだ先のクレーンゲームに、帽子《ぼうし》とサングラスをかけた少女が張り付いている。

いや、言い方がおかしいんだろうけど、この表現は合ってると思う。

俺がガンシューティングをやっていた時からずっと同じ場所にいたからな。

「……あの子、ずっといるのか？」

ずっといたとしてもいくらあのクレーンゲームに使ってるんだ？

「まぁ、俺には関係ないか」

そう思って、立ち上がってその場を離《はな》れようとしたその時だった。

「う～……あっ!!」

女の子が声を上げたのが聞こえてきた。

なんだ？　と思い振り返る。

すると、女の子が俺の方に近づいてくるのがわかった。

そのまま見続けていると目の前に来てしまったため、すぐに視線を切って歩き出す。

「ちょ、ちょっと待ってください‼」

すると、すぐに走ってきて俺の肩《かた》を掴《つか》んできた。

あ、これダメなやつだ。

気分はゲームの逃《に》げられないバトル画面って感じ。

これはもう仕方がないから、ちゃんとなにをされてもすぐに反撃《はんげき》できるように警戒しながら覚悟《かくご》を決めて相手を見る。

「えっと、どなた……うん？」

その女の子は帽子とサングラスで顔を隠しているけど、少し隙間《すきま》から見える金髪《きんぱつ》と碧色《へきしょく》の瞳《ひとみ》。

この特徴《とくちょう》を持っている人物に俺は心当たりがある。というか一昨日見た顔だ。

「……リーシェか？」

「はい！　一昨日ぶりですねお兄さん‼」

俺の肩を掴んできた女の子は、一昨日一緒に白いイビルトレントを討伐したリーシェだった。

「一昨日ぶりですね！　お兄さん!!」

今俺の目の前にいるのはリーシェ。

またどこかで会うだろうとは思ってたけどこんなすぐとは完全に予想外だった。

「一昨日ぶりだなリーシェ。でもなんでここに？」

「なんでって……わたしがここにいるのがそんなにおかしいんですか？」

「いや、そういう訳じゃないんだけど……今日、動画投稿《とうこう》してたよな？　ちゃんと寝てるのか？」

だって一昨日イビルトレントと戦って疲《つか》れきってたのに、動画の編集までして、今日動画を投稿している。

正直動画のクオリティはとんでもなく高くてとてもじゃないけど一日や二日ぐらいじゃできる気のしないような出来だった。

なのに俺の前にいるリーシェには隈《くま》は見えないし、寝不足《ねぶそく》のような感じにも見えない。

多分徹夜《てつや》とかしてない……はずだ。

「ああそういうことですか。安心してください、動画の編集はわたしがやってるんじゃないので」

「ん、そうなの？」

「はい。わたしは企業所属ですからね。動画の編集をしてくれる人は企業が雇《やと》ってくれてますし、しっかり休めてますよ。編集の人もスキル持ちで優秀《ゆうしゅう》な人ですしね」

「へぇ～そうなんだ企業に……うん？」

……企業所属？

「え？　リーシェって企業所属だったのか？」

「あれ？　言ってませんでしたっけ？」

リーシェは企業に入っていたのか……

そうとなるとすごいな。

基本的にギルドや企業所属の探索者《たんさく》っていうのは試験を突破《とっぱ》した人やスカウトされた人だ。

だけど、試験は基本的に探索者になってから時間が経ってるレベルが高い人が合格する。

リーシェには悪いけど、昨日見たレベルだとその試験には合格できるとは思えない。

つまりリーシェは企業にスカウトされたんだろう。

スカウトっていうのは、結構珍しいことだ。

スカウトっていうのは基本的に有名になった探索者、またはその企業がほしいと思えた才能を持っている人がされるものだ。

リーシェにも企業がほしいと思われるような、なにかがあったんだろう。

「ああ。今初めて知ったぞ」

「む～……わたしの動画見てないんですか？　わたしの動画の紹介文《しょうかいぶん》にはちゃんと書いておいてありますよ？」

リーシェはジト目で言ってくる。

……これはまずい。正直に言いすぎたか。

「い、いや悪い。動画なんて普段《ふだん》は行こうと思ったダンジョングらいしか見ないもんだからな」

「ふ～ん。まあ、いいですけど。それじゃあ改めて自己紹介《しょうかい》しますね。私は『アストラル』という企業に所属している探索者のリーシェっていいます♪　あ、本名は桜井結愛《さくらいゆあ》なんで、今はそっちで呼んでください!!」

「ああ。よろしくな結愛、俺は天宮楓。好きに呼んでくれ」

とりあえず、自己紹介されたからこっちも返す。

それにしても、本名が知れたのも嬉しいけど所属企業がアストラルか。

アストラルは最近有名なところのはずだ。

いろんな人材を集めていて、ダンジョン関連の事業だけでなく、そのダンジョンでの活動やデータを活用して、様々なサービスを展開している会社のはず。

ちゃんと覚えてはいないけど、確か少し前にも、ポーションを使った病気の治療《ちりょう》なんかに大きな進展をみせていたと思う。

まさか、そんなアストラルに結愛が所属してるなんてな……正直驚《おどろ》きだ。

「わかりました。それじゃあ楓さんと呼ばせていただきますね」

「ああ。ぜひそうしてくれ」

俺が名前で呼ぶのに、リーシェ……いや、結愛だけ苗字《みょうじ》呼びなのはなんか堅苦《かたくる》しいし、俺が馴《な》れ馴れしいやつみたいになるし名前で呼んでくれるのはとてもありがたい。

「それより！　楓さん！　今その手に持っているのはそこのクレーンゲームの景品ですよね!!」

結愛はクレーンゲームを指差しながら声を上げる。

まあ、確かにこの白熊のぬいぐるみはさっきクレーンゲームで取ったけど……

「ああそうだな。それがどうした？」

「ってことはクレーンゲームは得意なんですよね？」

「一応できる方ではあると思うけど……」

得意ってレベルではないけど、それでも取れないというわけでもないから普通《ふつう》くらいだと思う。

「なら、お願いがあるんですけど聞いてもらってもいいですか？」

まあ、一回や二回で取れるってほど上手くはないと思うけど。

「お願いって……予想はつくけど一応聞いておこう。一体何をすればいいんだ？」

大体予想はついてるんだけど、確認のために一応聞く。

すると、結愛は答えてくれた。

俺が予想していた通りの言葉を。

「楓さん、クレーンゲームであの子を取ってくれませんか？」

結愛が指差した先には、さっきまで結愛が張りついていたクレーンゲーム。

クレーンゲームの景品は、ペンギンがデフォルメされた姿のぬいぐるみ。

ただし、サイズがデカイタイプのぬいぐるみだ。

「あれか……俺に取れるかな？　ちなみに結愛はいくら使ってるんだ？」

「黙秘《もくひ》します!!」

「……いや、そんな胸を張って言うことじゃないんだけどな。でも、まあいいか。よしわかった。やってみるよ」

「ありがとうございます。楓さん、よろしくお願いします」

おそらくかなりの金額を使っている結愛が差し出してきた五百円をもらい、クレーンゲームにそのまま入れる。

ぬいぐるみは、結愛がここまで頑張《がんば》ったのか出口の近くにまでは近づいてきていた。

そんなぬいぐるみを狙《ねら》って、さっきと同じようにアームを動かしてぬいぐるみを掴ませる。

掴めたらそのまま持ち上げて出口へ持っていくけど、途中《とちゅう》で落下する。

だけど、ペンギンは楕円状《だえんじょう》のぬいぐるみなのが功を奏してバウンドして出口に……

……あれ？　取れる？

「おお！　取れましたね‼」

「……あ、ああ。まさかこんな簡単にいけるとは思ってなかったけど運がよかったな」

正直もうちょっと苦戦すると思ってた。

「だけどさ……これ残りの四百円どうするの？」

「……どうするんでしょうね」

本当にどうするんでしょうね？

＊＊＊

結局、どっちも可愛《かわい》らしいから、その台にもう一つあったぬいぐるみに残りの四百円分使いきった。

結果はもう一つのぬいぐるみは取れなかったけど……まあ、一つ取れただけでも充分《じゅうぶん》だろう。

実際、結愛は正面で嬉《うれ》しそうにペンギンのぬいぐるみを抱《だ》きながら座《すわ》っているし。

「ふぅ～……今日は楽しかったですね♪」

「そうだな。俺も久しぶりにゲーセン来たし、楽しんでるよ」

「わたしも最近は動画の撮影《さつえい》ばっかりだったんで、久しぶりでとても楽しかったです」

今俺たちがいるのは、ショッピングモールにあるフードコート。

時間的にはまだギリギリ昼前なのもあって、そこまで人は多くない。

今は二人でクレープを食べている最中。

ちなみに俺はチョコバナナ。結愛はストロベリーだ。

「ん～美味《おい》しい～」

結愛は頬《ほお》に手を当てて幸せそうな顔をしている。

……なんだかその姿を見ているとこっちまで幸せな気分になってくるなぁ。

「うん？　どうしました？　私の顔に何か付いてますか？」

「いや、なんでもない」

少し見惚《みと》れてしまったけど、誤魔化《ごまか》すために視線を外す。

結愛は不思議そうにしているけど、気にしないでとだけ言っておく。

「それでこれからどうします？　まだお昼には早いですよね」

時計を見ると、時刻は十一時五十分頃。

確かに、今クレープを食べてるのもあって、今からどこかに食べに行くには微妙《びみょう》なところだ。

お腹《なか》的にも、時間的にもな。

「うーんどうするか……」

「じゃあ楓さん、午後はわたしに付き合ってくれませんか？」

「別に構わないぞ。俺も特に予定ないしな」

「やった♪　それじゃあ行きましょう♪」

結愛は残っていたクレープを口に入れると、椅子《いす》から立ち上がって歩き出す。

おっと、先に会計をしてと。

「あ、楓さん。お金払《はら》いますよ？」

「いやいいよ。ここは男の甲斐性《かいしょう》ってやつをみせる場面だからな」

「えっと……わかりました。ごちになります」

「おう。任せろ」

ちなみにお値段は合わせて二千円だった。

まあ、このくらいなら全然大丈夫《だいじょうぶ》だけど。

「それでどこ行くんだ？」

「それは着いてからのお楽しみということで」

そして、フードコートどころかショッピングモールから移動して到着したのは探索者協会。

「って、おい！　なんでここなんだよ!!」

「ふふふふふ、いいじゃないですか。ほら早く入りますよ」

「ちょっ!!」

結愛は俺の腕《うで》を引いて中へと入っていく。

俺は半ば引きずられるように、つい先日、俺が疾走の短剣を買った武器の販売《はんばい》エリアまで連れていかれた。

「……それで？　なんでここに？」

「いや〜実はマネージャーの人に『新しい杖《つえ》？　よかったじゃーん。じゃあ、これからは近づかれても大丈夫なようにしようね？』って言われまして……」

「それで武器を買いに来たと……」

なるほどな……

つまり、結愛は俺と同じように経緯《けいい》は違えど、近接戦闘《せんとう》ができるように武器が必要になったからここに来たのか。

「……え？　本当になんで俺も連れてこられたんだ？」

「えへへ。実はわたしはそこまで攻撃力《こうげきりょく》のステータスが高くないんで楓さんと同じ短剣を使おうと思ったので」

「俺にアドバイスをしてほしかったと？」

「はい！　その通りです!!」

ぐぬぅ……そんなキラキラとした目で見られても……まあ、仕方がないか。

結愛の頼《たの》みだし、ちゃんと考えてあげるか。

……といっても、俺もそこまで詳《くわ》しく知ってるわけでもないんだけどな。

短剣とかの刀剣類《とうけんるい》は疾走の短剣が初めてだし、今まで教えてきた経験と【鑑定《かんてい》】を使ってアドバイスするしかないか。

「わかった。とりあえず短剣を探して、そしてそれから考えよう」

「はい、お願いしますね♪」

さて、どれがいいんだろうか……

「いや～楓さん、わざわざありがとうございます」

結愛は買ったばかりの鞘《さや》に入った新品の短剣を眺《なが》めながら嬉しそうにしている。

結局、結愛には俺が性能が良さそうと思った無難な短剣を薦《すす》めていき、それを試《ため》していって最終的に選んだのは、変に効果のないごく普通の短剣だった。

だけど、それでも結愛は嬉しそうにしてるし、まあいいか。

「喜んでくれているようで何よりだよ」

「はい♪　これも楓さんのおかげですよ」

そういって結愛はまた笑《え》みを浮《う》かべた。

今回の武器選びは成功と言ってもいいだろう。

それにしても、結愛とこうして二人で探索者協会とはいえ、一緒《いっしょ》に買い物をするなんて思ってもいなかったな。

……でもまあ悪くはない。

「え～あたし達だって行けますよ!!」

そんな感じでゆったりしていると、突然、大きな怒鳴《どな》るような声が聞こえてきた。

聞こえてきたのは、俺と結愛がいる場所から少し離れた場所。

というか聞こえてきたのは買い取りなんかをしている受付の方だった。

「え～と、なんでしょう？」

「多分、買い取りの順番待ちの人じゃないか？」

「いや、そんな風には聞こえなかったんですけど……」

どうやら結愛にはそのようには聞こえていないらしい。

ですよね。

まあ、俺もそうなんだけど。

実際さっきの声は買い取りなんかじゃなくて探索者がなにかに文句を言ってたように聞こえた。

今の時間帯、探索者はダンジョンに潜ってることが多いから人は少ないだろうけど、よくここまで声が聞こえてきたな。

「どうしたんでしょうね？」

「さぁ……？」

結愛と顔を見合わせて首を傾《かし》げる。

「楓さん、ちょっと見に行ってきますね」

「あ、おい」

結愛はそれだけ言うと、小走りで受付に向かっていった。

うーん……俺も気になるから結愛についていくことにするかな。

俺も結愛のあとを追って、受付へと向かうことにする。

すると、そこには女の子が三人と受付の男性が一人いた。

一人はツインテールにした赤髪《あかがみ》の小柄《こがら》な少女。

もう一人はウェーブのかかった金髪の少女。

最後の一人は茶髪《ちゃぱつ》をポニーテールのようにしている大人びた雰囲気《ふんいき》のある少女。

そして、受付の男性は監視《かんし》者問題の時に探索者協会から来ていた男性だった。

「いいじゃないですか〜あたし達だってFランクダンジョンのボスを倒《たお》したんですよ？

Eランクダンジョンだって行けるはずです‼」

「う～ん……それはわかるんですけど……それにダンジョンに潜《もぐ》るのは探索者の自己責任なので問題ないんですけど……」

「凛《りん》ちゃん、受付の人もわたし達を心配してるんだからさ？　もう少し言い方を考えないと」

「凛、落ち着いて。探索者協会の探索者さん達がみんな出払《ではら》ってるなら仕方ないでしょ？」

なんか揉《も》めてんのか？　と思ったけどあれは違《ちが》うっぽいな。

「えっと……あれなんですかね？」

隣《となり》にいる結愛も同じことを思ったのか、俺に聞いてくる。

あの会話の内容を聞く限りだと、Fランクダンジョンのボスを倒した、Eランクダンジョン、探索者協会の探索者がいない、という単語が聞こえてきた。

そこから考えるに――

「多分、Fランクダンジョンのボスを倒せたから、次はEランクダンジョンに行こうって話なんじゃない？」

「なるほど……」

Fランクダンジョンのボスを倒したら、次にEランクダンジョンに行く。これは別におかしなことではない。

実際、俺もパーティーに入ってた時は、Fランクダンジョンを攻略《こうりゃく》したらEランクダンジョンに潜り始めた。

ただ、それははじめの数回を探索者協会から派遣《はけん》された探索者と一緒に行ってからだ。

理由としてはFランクダンジョンで慣れてきた初心者探索者が油断して、Eランクダンジョンで死亡してしまうのを防ぐため。

だからこそ、新米探索者は探索者協会から派遣されたベテラン探索者に同行してもらうことができる制度《せいど》を使うことができる。

あの子達はその制度を使おうと考えていたのだろうが、その制度の対象の探索者協会の探索者が全員出払っていて、その提案が通らなかったんだろう。

他にも、以前の俺みたいに、初心者のパーティーに入るなどして、ダンジョンについて教えていたのがそれにあたる。

「う～ん。ですが……あっ!!」

赤髪の凛と呼ばれていた子に詰《つ》め寄られていた受付の男性がこっちに気づいた。

というか俺の方に狙いを定めたような目を向けてきている。

「す、すいません。少々お待ちください」

すると、受付の男性は少女達に断りを入れて、俺達《おれたち》の方へと向かってきた。

そして、俺の前で立ち止まると深々と頭を下げて謝《あやま》ってくる。

「天宮さん、先日はお世話になりました。そして、彼女様《かのじょ》もデートの邪魔《じゃま》をしてしまい大変申し訳ございません」

「か、彼女⁉　それにデート‼」

受付の男性の言葉を聞いて結愛が顔を真っ赤にして、慌《あわ》てふためいている。

うん、まあそうだよね。俺と付き合ってるなんて思われたらそれは大変だ。

企業に所属してる探索者なんだから恋愛《れんあい》にも色々あるだろ。

ここは否定しとかないと、結愛にも悪い。

「あー……いえ、気にしないでください。あとこの子は彼女じゃないんで」

「そ、そうでしたか。これは失礼しました」

「い、いえ。き、気にしないでください‼」

結愛は未《いま》だにあわあわとしているけど、受付の男性は納得《なっとく》してくれたみたいですぐに引き下がってくれた。

まあ、とりあえずこれで大丈夫だろ。

「え～っと……それで？　なにかあったんですか？」

「あ、はい。実は……ちょっと困ったことがありまして……」

そして、受付の男性は今の状況《じょうきょう》について説明し始めた。

なんでも、ここ最近、新米探索者によるFランクダンジョンのボス攻略が増えていて、ベテラン探索者を派遣してもらう制度を使う新米探索者が多くて派遣する探索者が足りなくなり、その結果、あの子達はEランクダンジョンに挑《いど》むことができなくなっているらしい。

「はぁ……それで俺に？」

「はい。申し訳ないのですが、Eランクダンジョンに挑む彼女達《かのじょたち》についていってはもらえないでしょうか？　案内人と呼ばれていた天宮さんなら安心できるのですが……もちろん、報酬《ほうしゅう》の方も用意させていただきます」

……案内人って呼ばれたことが気になるというか少しイラッとしてしまったけど、要約したら俺に彼女達のサポートをしてもらいたいってことね。

まあ、断る理由はない。

報酬もくれるっていうから別にいいけど、レベルアップがその間できないっていうのが問題か。

だけど、これまでの経験上、わりとすぐに終わるはずだから、そこまで長い期間というわけでもないだろ。

「わかりました。俺でよければ手伝いますよ」

「おお、ありがとうございます!!」

「楓さん、わたしは事務所の関係でお手伝いは難しそうですけど、頑張ってくださいね!!」

結愛は少し残念そうな表情を浮かべながら応援《おうえん》してくれる。

「それじゃあわたしはここで帰りますね。だけど、今年はEランクダンジョンに入った探索者の死亡率が少し高いそうなので気を付けてくださいね」

そして、最後にそれだけ言ってから去っていった。

去っていく時に、心配そうな目でこちらを見ていたけど、それだけEランクダンジョンの死亡率が高いのか？

「それでは天宮さん、こちらにお願いします」

「了解《りょうかい》です」

……警戒《けいかい》とちゃんとした準備はしていこう。

＊　＊　＊

部屋の電気も点《つ》けず、カーテンも閉じて、暗くした部屋の中で一人の男がスマホを耳に押《お》し当てていた。

『ああ……うまいこと誘導《ゆうどう》できたぞ。なんで協会支部にいたかは知らないが、あいつは巌《がん》窟《くつ》のダンジョンに行くといっていたぞ』

薄暗《うすぐら》い闇《やみ》の中で男は頷《うなず》く。

「……そうか」

『……やるならうまくやれよ。失敗したら俺まで巻き込《こ》まれるんだからな？』

念を押すように言ってくるが、その心配はない。

失敗などするはずがない。

通話を切って、スマホをポケットにしまい込む。

これで、復讐《ふくしゅう》の準備は整った。

あとは実行に移すだけだ……。覚悟しろ案内人……！

第８章　新米探索者教習

「ふわぁ～ねむ……」

赤髪の少女、赤木凛《あかぎりん》と金髪の少女、金崎莉奈《かなさきりな》と茶髪の少女、高梨杏樹《たかなしあんじゅ》のパーティーとの打ち合わせで今日の集合時間は朝九時となった。

そのため、俺《おれ》は八時半ぐらいには家を出て、Ｅランクダンジョンの巌窟のダンジョン前で待機している。

ポーションもＭＰポーション含《ふく》めて買い足しておいたから回復は問題ないはず。

「ステータス」

天宮楓
レベル６０５
ＨＰ：６０７０／６０７０　ＭＰ：４０４５／４０４５
攻撃力：６７７（＋52）

防御力《ぼうぎょりょく》：627（＋12）
俊敏《しゅんびん》：1942（＋1322）
器　用：782（＋152）
精神力：2097（＋1487）
幸　運：50
ＢＰ：0
ＳＰ：15
スキル：【魔法矢《マナ・ボルト》Lv.20】【弓術《きゅうじゅつ》Lv.10】【鷹の目《たかめ》Lv.10】【アイテムボックスLv.7】【捕捉《ロックオン》Lv.10】【鑑定Lv.5】【MP増加Lv.10】【MP回復速度上昇《そくどじょうしょう》Lv.10】【短剣術《たんけん》Lv.7】【索敵《さくてき》Lv.9】【隠密《おんみつ》Lv.5】

龍樹《りゅうじゅ》の弓Lv.278
・龍樹の体から作られた弓。
・攻撃力＋777
・使用者の成長に合わせて龍《りゅう》の特性により共に成長していく。

「それに、スキルにステータスも上げられるだけ上げきった。武器も整備した……うっし！　これでいつでも行ける!!」

ＢＰは俊敏《しゅんびん》と精神力に全振《ぜんぶ》り。

スキルは【鷹の目】、【ＭＰ増加】、【ＭＰ回復速度上昇】をスキルレベル10に。【索敵】をスキルレベル９に上げた。

そして、新しく【隠密】のスキルを取得した。

この新しい【隠密】スキルだが、自分の存在を薄《うす》く、透明《とうめい》にして周囲の景色に紛《まぎ》れることで、相手から発見されにくくなる効果がある。

「これがあれば彼女達が俺に頼《たよ》りきりなんてこともなくなるし、これからもソロでダンジョンに潜る俺からしたら腐《くさ》らないスキルだしな」

そして、最後にＳＰが大量にあったから【魔法矢《マナ・ボルト》】のスキルレベルを20まで上げておいた。

攻撃力の倍率が1.0になったり、消費ＭＰが15に減ったりしたけど、スキルレベルが20。

ユニークスキルのスキルレベルが10の倍数になったおかげで新しい効果が増えた。

今回は新しいスキルとかではなく、新しい効果だ。

その効果は――

「あ！　いたいた！　天宮さーん!!」

そんなことを考えているうちに約束の時間になり、凛達《りんたち》が来たようだ。

声が聞こえてきた方を向くと、そこには先日とは違い、しっかりと武装をした彼女達の姿が見えた。

凛は胸当てと片手剣《けん》。

莉奈はメイス。

杏樹は短剣をそれぞれ装備していた。

「おはよう。凛、莉奈、杏樹」

「うん！　おはよ!!」

「お、おはよぅございましゅ!!」

「おはよう、あまみー」

挨拶《あいさつ》をしてみれば、元気いっぱいで返事をする凛。

緊張《きんちょう》気味ながらもなんとか挨拶をしてくれた莉奈。

そして、マイペースな杏樹がいた。

ちなみに、俺のことをあまみーと呼んだのは杏樹だ。

最初は天宮さんだったのだが、何故《なぜ》か急に呼び方が変わった。

「今日はよろしく」

「こちらこそ!!」

「よ、よろしゅくおねがいしまひゅ!!」

「よろしくね」

「よし、それじゃあ早速《さっそく》行くか」

挨拶もしたし、戦闘方法は昨日打ち合わせもした。

凛は片手剣を使った近接戦闘、莉奈は近づかれた時の対策でメイスを持っているけど回復魔法を使って、杏樹が短剣で遊撃《ゆうげき》。

パーティーメンバーが誰《だれ》も遠距離《えんきより》攻撃《こうげき》ができないのが気になるけど、そこは臨機応変に対応してもらうしかないな。

「うん！　それじゃあしゅっぱーつ!!」

先頭を凛が歩き始め、その後ろに莉奈、杏樹、最後尾《さいこうび》に俺という順番でダンジョンの中へ入っていく。

巌窟のダンジョンは攻撃力や防御力の高いオークが出てくるけど、その分素早《すばや》さがないから注意すればEランクダンジョンに来たばかりの探索者でもちゃんと倒せる。

そんなわけで――

「それじゃあ俺は近くにはいるけど、危ない場面にならない限り、俺は手を出さないから頑張ってくれよ。じゃ!!」

そういって俺は【隠密】スキルを使って凛達の前から姿を隠《かく》す。

「え!?　天宮さんどこに行ったの!!」

「わ、わかんないよ～」

「多分だけど隠密スキル。気配すら感じなくなったし」

俺が姿を消したため、凛達が急に消えた俺を探している中、杏樹だけは俺がいなくなった理由に思い当たったらしい。

こうして会話を聞くと【隠密】スキルはちゃんと機能してるみたいだな。

それにしてもさすが【隠密】スキル。

人類にステータスが発現して最初に各国がやったのが、【魔道具《まどうぐ》作成】のスキルで透明になれる【隠密】対策のセンサーを作ることだっただけのことはある。

「そっかぁ～じゃあ近くに居てくれてはいるみたいだしとりあえず、行ってみよ!!」

そう言うと凛を先頭に三人は進んでいく。

一応巌窟のダンジョンのボス部屋までのルートは調べてきているのか、すらすらとボス部屋までの道を最短ルートで進んでいく。

ふむ……事前に情報はちゃんと集めているか。

……お？　これは……さて、情報収集能力はよし。

後は実際に戦えるかどうかだが……

「ん？　二人とも、止まって。くるよ」

俺が気づいて、少ししてから杏樹が凛達に警戒を促《うなが》す。

すると、前方から一体のオークが歩いてきた。

オークはこちらに気づくとすぐに戦闘態勢に入る。

「戦闘準備!!」

そして、莉奈《りな》達《たち》も凛の声に反応してそれぞれ武器を構える。

「ブモァァアアッ!!」

先手を取ったのはオークだ。

持っている棍棒《こんぼう》を振《ふ》り上げ、凛に襲《おそ》いかかる。

対して、棍棒をギリギリで回避《かいひ》した凛は、そのまま片手剣で斬《き》りかかる。

「せい!!」

一応【剣術《けんじゅつ》】のスキルはあるらしいけど、そこはEランクのモンスターで、防御力とH

Ｐが高いオーク。

一撃《いちげき》では致命傷《ちめいしょう》を与《あた》えることはできなかったらしく、棍棒を横薙《よこな》ぎにして反撃《はんげき》してくる。

しかし、それは想定内なのか、そのまま屈《かが》んで避《よ》けて、凛はまた、連続で攻撃《こうげき》していく。

「油断大敵」

凛の方に注目していたオークの背後から短剣を構えた杏樹が接近する。

そして、首元を狙って短剣を突《つ》き刺《さ》す。

「グギィッ⁉」

「まだまだいくよ‼」

後ろからの奇襲《きしゅう》。それに驚いたオークは慌てて振り返ろうとするが、既《すで》に遅《おそ》い。

既に、凛の攻撃によって体勢が崩《くず》されていて、杏樹が攻撃を成功させて首に短剣が突き刺さっていた。

「えーい‼」

すると、今度は莉奈がメイスを構えながら凛達の方に近づいてきており、メイスを思いっきり振り下ろす。

それは技術もなにもない力任せの振り下ろしだったけど、それが逆に功を奏し、メイスは見事に頭に直撃《ちょくげき》して、オークを怯《ひる》ませることに成功する。

「ナイス莉奈！　杏樹！　とどめいくよ‼」

「わかった」

凛が叫《さけ》ぶと杏樹は再び、オークの背後に素早く回り込んで、足の腱《けん》を狙って短剣を振るう。

「ブモォ‼」

そして、杏樹が攻撃を終えた後すぐに、凛が再び動けなくなったオークに向かって走っていく。

「これでとどめ‼」

凛が片手剣を両手に持ち替《か》えると、そのまま振り上げて、オークの頭をかち割った。

「ブ……オオ……」

「やった！　倒したよ‼」

オークは断末魔《だんまつま》の叫びを上げて、倒れ伏《ふ》すと、そのまま動かなくなった。

なるほど、いい戦闘だったな。

凛はオークの棍棒を受け止めることはせずに攻撃しながらも回避に徹《てっ》していたし、莉奈は隙《すき》をついてメイスを使って強力な一撃を与えていた。

そして、最後に杏樹だが、背後を取るような動きに、とどめの時の短剣による素早い攻撃で足の腱を切断し足止めをしていたのもポイントだな。

それぞれがやるべきことを理解している戦い方だ。

それだけじゃなくてしっかり連携《れんけい》も取れている。

これだからパーティーだと少し強いモンスター相手にも戦えるからソロよりもレベルアップの効率が良いんだよな。

俺みたいにステータスが上の相手に勝てないいんだったら、パーティーの方が安全に戦えるし。

これならよっぽどのことがない限り大丈夫だろう。

「やったね！　莉奈！　杏樹!!」

「や、やったよ～、私でも戦えたよ!!」

「うん、勝った。莉奈も頑張った」

三人はハイタッチしながら勝利の喜びに浸《ひた》っている。

こうして見ると微笑《ほほえ》ましい光景だよなぁ……後ろにオークの死骸《しがい》がなければ。

なんて思いつつ、いたずら心が働いてしまい、俺はこっそりと三人に気付かれないように近づいてから【隠密】スキルを解除する。

「お疲《つか》れさま。初戦としてはなかなか良かったぞ」

俺が姿を現すと三人はギョッとした顔をした後、一斉《いっせい》にこちらを見る。

まぁいきなり現れたらそりゃ驚《おどろ》くよな。それが狙いなんだけど。

「あ、天宮さん⁉　なんでここに？」

「いや、はじめに説明したじゃないか。近くにはいるって」

「そ、そうだよ凛ちゃん。杏樹ちゃんも隠密スキルって言ってたよ」

「うん。ちゃんと言ったよ？」

「あれ？　そうだっけ？」

どうやら凛は覚えてなかったみたいだけど、二人はちゃんと覚えてくれてたみたいだな。

「さてと、戦闘の方だけど特に俺から言うことはないな。個人の判断もよかったし連携も問題なし。この調子で次からもよろしく」

「はい‼」

「が、がんばります‼」

「はーい」

三人はそれぞれ返事をしてくれる。

それから、ダンジョン攻略を再開して、その後も何回かモンスターと遭遇《そうぐう》したが、戦闘は順調で、ボス部屋まで順調に進んでいくのだった。

「やった～ボス部屋についたー!!!」

「や、やったね凛ちゃん。杏樹ちゃん」

「ん。やった」

あれから、途中《とちゅう》で出てきたオークを蹴散《けち》らしながら三人は進んでいき、ボス部屋までたどり着いた。

ボス部屋の扉《とびら》は開いてるし、この階層にも人影《ひとかげ》も気配もないから、ここには誰もいないことがわかった。

それにしても凄《すご》かったな。途中からレベルが上がった時にもらったBPとSPを振り分けたのか、今では三人とも一気に強くなって、オーク相手にかなり余裕《よゆう》を持って倒せるようになっている。

杏樹が持っている短剣を使った高速移動からの奇襲は、オークが反応する前に首を切り裂《さ》いていたし、莉奈の攻撃もメイスをフルスイングするだけでかなりの威力《いりょく》になっていた。

凛も片手剣で攻撃していたが、急所狙《ねら》いで攻撃していたからか、どんどんオークの体に傷をつけていて、結構なダメージを与えられていたと思う。

そんなこんなで、あっという間にボス部屋の前まで来たわけだが――

「まあ、ボスには挑戦《ちょうせん》はさせないんだけどな」

「あ、天宮さん」

「あまみーだ」

「えっと天宮さんそれはどういうことですか？」

【隠密】スキルを解除して三人の前に姿を現したけど、三人とも驚くことなく俺を見てくる。

……驚かせられなくてちょっと残念。

「まあ、単純にレベルが足りないな。今のままじゃまだ無理だ」

「うん。ちょっとまだ三人には早いかな〜」

「そうなんだ……」

「そうなんですね……」

「……」

三人はかなり落ち込んでいる様子で、肩《かた》を落としている。

もしかしたらボスに挑戦できると思ってワクワクしてたんだろうなぁ……

「それじゃあどうする？　地上に帰るか？　それとも戻《もど》ってまたオークを狩《か》るか？」

俺がそう聞くと、三人はお互《たが》いの顔を見て相談し始める。

しばらく、凛が代表して答えてくれた。

「天宮さん！　提案があります!!」

「なんだ？」

提案がなにかを話そうとする前に、後ろから莉奈の声がかかる。

「せっかくここまできたのにもう帰っちゃうのは嫌《いや》です……」

「うん。私も帰りたくない。折角《せっかく》だからもっと戦いたい」

「だけど私達《たち》じゃレベルが足りません！　だから!!」

……だから？

「せめて戦ってる姿が見たいので天宮さんが戦ってるところを見せてください!!」

ふむ。確かにここまで来てなにもなしっていうのはもったいないな。

だけど俺が戦ってるところか……

今の俺のレベルとステータスを考えると、多分瞬殺《しゅんさつ》だし、見せてもなにも参考にならな
そうなんだよな。

「それは別に良いんだけど、良いのか？　多分参考にもならないと思うぞ」

「はい！　大丈夫《だいじょうぶ》です!!」

「お、お願いします」

「私も見たい……かも」

「……分かった。そこまで言うならやってみるか!!」

三人がこう言ってることだし、少し戦ってみるのもいいか。

俺のステータスを考えたら本当にただ見るだけになるかもしれないけど。

まあ、できる限りハイオークの動きを見せられるようにしよう。

そうなると戦うのは龍樹の弓じゃなくて疾走《しっそう》の短剣か。

龍樹の弓だと手加減できないし一撃で倒しちゃうだろうからな。

「ただし、俺より前には絶対に出ないでくれよ」

「「はい!!」」

「りょーかい」

それから俺は三人にボス部屋から離《はな》れるように指示してから、疾走の短剣を構えながらボス部屋に足を踏《ふ》み入れる。

一番後ろの莉奈がボス部屋に入ると、いつもと同じように後ろから扉の閉まる音が聞こえてくる。

そして、ボス部屋の中を確認《かくにん》するとそこには、以前と同じように中央にハイオークが棍棒を持って待ち構えていた。

「ブモォオオオ!!!!」

ハイオークはこちらの姿を見つけるなり雄叫《おたけ》びを上げて、すぐにこっちに向かってくる。

「速い!!」

「――ッ！」

「うん。目で追うのがやっと……ッ！」

三人は驚き声を上げつつも、しっかり俺の後ろの位置から動かないでくれている。

そして、俺が立ち位置を確認している間にハイオークは棍棒を振り上げて突進《とっしん》してきた。

「ブモオ⁉」

振り下ろされてきた棍棒を、俺は疾走の短剣の峰《みね》で受け流す。

……正直、今の一連のやり取りでやっぱり俺が本気でやったら瞬殺だなって確信した。

だけどちょうど良い。武器を持った相手に疾走の短剣で戦うのは初めてだ。

凛達に戦いを見せるのと、俺の特訓を兼《か》ねて、ハイオークを倒すとしよう。

「まあ、俺が攻撃を受けるだけになっちゃうのはしょうがないか!!」

「ブモァ!!」

とりあえず、まずはハイオークの動きをちゃんと見よう。

動き出しとか、攻撃方法なんかをしっかりと把握《はあく》しないとな。

それから、何度かハイオークの攻撃を受けてみたが、どれも大したことなかった。

棍棒を力任せに振り下ろし、横に薙《な》ぎ払《はら》い、その巨体《きょたい》からの体当たり。

まあ、この程度なら今の俺のステータスなら余裕で対処できた。

そして、ここまでハイオークを手玉に取ってる時点で、成長を実感できる。

だけどここまでで良いだろ。

凛達もハイオークの動きを見るのはこれで充分《じゅうぶん》のはずだ。

ということで……

「とどめ!!」

「ブモッ……」

最後に、棍棒を振り下ろしてきたタイミングで疾走の短剣を使ってハイオークの首を切り飛ばして戦闘《せんとう》を終わりにする。

すると、ハイオークは膝《ひざ》から崩れ落ちて地面に倒れ伏す。

それを確認してから凛達の方を見ると、ポカーンとして大きく口を開けていた。

「これで終わりだけど、どうだ？　参考になったか？」

俺がそう聞くと、三人はハッとした後に、凛が最初に口を開いた。

「えっと、えっとえっとえっと。凄かったです！　あの一瞬《いっしゅん》でハイオークを倒せるなんて！

それにあんなに速く動いてたのによく体がブレませんでしたね！　こうビュン！　って近

づいてズバッ！　みたいな感じでした!!」

「あ、天宮さん、とてもカッコ良かったです」

「うん。短剣の扱《あつか》いも、とてもためになった」

そして始まるのは怒涛《どとう》の感想タイム。

こんな風に褒《ほ》められた経験がないから正直ちょっと照れる……

「そ、そうか。それはよかった。それじゃあ改めて聞くけど次はどうする？」

俺がそう質問すると、三人は顔を見合わせて頷く。

そして代表して凛が答えてくれた。

「またオークを倒しに行きましょう！　今の戦いを見たらあたしも戦いたくなっちゃいました!!」

「わ、私も凛ちゃんに賛成です」

「私も。早く行きたい」

「よしっ！　じゃあ行くか!!」

「ええ！　行きましょう!!」

【アイテムボックス】にハイオークを入れてから三人と一緒《いっしょ》にボス部屋を出る。

「あれ？　誰かいますよ？」

凛《りん》の声を聞いて前を見てみると、そこには二人の男性がいた。

一人はいわゆるソードオフ・ショットガンというやつだろうか。

銃身《じゅうしん》が短くなったショットガンを持っているガタイのいい男。

もう一人は、スナイパーライフルのような長い銃《じゅう》を持った細身の男。

二人とも、全身黒ずくめで、黒いマスクを着けていて、正直かなり怪《あや》しい。

「……どうも」

「……」

一人は俺達に軽く頭を下げ、もう一人も続けて下げる。

一応挨拶されたからにはこっちからも返さないとな。

まあ、暗黙《あんもく》の了解ってやつだ。

「どうも、お待たせしました。自分達はボス討伐《とうばつ》したので、次どうぞ」

俺がそういうと二人は立ち上がってボスが再出現するために、閉まっている扉の前に移動していく。

「……天宮さん、さっきのは？」

「ああ、あれはボス討伐の順番待ちだよ。俺達がハイオークに挑戦してたから、待ってくれていたんじゃないかな」

正直今でも服装は怪しいとは思ってるけど、少なくとも今は最低限のマナーは守ってるし、問題ないだろう。

「そうじゃあ俺達は失礼しますね」

こういうのはすぐに離れるに限る。

ただ単にコミュニケーションが苦手な人って可能性もあるからな。

そんなわけで俺達は、ボス部屋のある階層から移動してオークを探すためにダンジョンを歩くのだった。

第9章　トラブル発生

凛達のパーティーに指導を始めて一週間が経過した。

あれから、凛達は大きく成長してきている。

同じレベルぐらいだった頃《ころ》の俺と比べても明らかに動きが良いし、強い。

ちょっと複雑だけど……

まあ、レベルはハイオークを安全に討伐できるレベルには届かないけど、それでも十分なレベルだ。

「ブモォオオ⁉」

「やった！　倒《たお》した‼」

「やぁ‼」

そして、目の前ではオークを倒したことで喜ぶ凛の姿があった。

「本当に強くなってきたよな。最初の頃と比べたら雲泥《うんでい》の差だし。このまま行けばあと一ヶ月ぐらいでハイオークを安全に倒せそうだな」

というかあの子達、やっぱり動きがレベル以上に良いんだよな。

正直才能という枠組《わくぐみ》を超《こ》えてる気がする。

「……君達なんか強くない？」

思った疑問を凛達にぶつけてみる。

「そうですよね。わたしが同じようだった頃よりも三人ともすごいですよ‼」

うん。それは俺もそうだね。

「えっとですね……どうしよう莉奈ちゃん、杏樹ちゃん教えても大丈夫かな……‼」

「うーん……私は教えても良いと思いますけど」

「うん。私も賛成。あまみーとゆあゆあは信用できる」

すると、三人が集まってひそひそと何かを話し始める。

話はまったく聞こえてこないけど、恐《おそ》らく俺に話すかどうか決めてるんだろう。

まあ、話をしてる時点でなにかあるのは確定なんだけど。

「えっと……実は私達のお父さんが元探索者《たんさく》なんで、それで色々と教わっていたんです」

なるほど、それはわりとよくあることだ。

元探索者や現役探索者《げんえきたんさく》の親が、探索者になりたいという子供に反対せず、ダンジョンで死なないように子供の頃から木製の武器を使って武器の扱いを教える。

それは結構ありふれている。

実際そのおかげでステータスを発現した時に武器関連のスキルが手に入りやすいらしいからな。

「そうなのか、それなら納得《なっとく》だ」

なるほどな。

あの年であれだけ動けるのは子供の頃から訓練してたからか。

よく考えればすぐにわかったことだったな。

「まあ、それだけじゃないけど」

「……え？　それだけじゃないって？」

最後の、杏樹の小さな呟《つぶや》きが気になった。

結愛も聞こえてたらしく、首を傾《かし》げている。

どういうこと？

「えっと……あたし達みんなユニークスキル持ちなんですよね」

「……へ？」

凛の言葉に思わず変な声が出る。

三人ともユニークスキル持ち？

それって結構、いやめちゃくちゃすごいことだぞ？

「あたしが持っているユニークスキルは【神速】っていうユニークスキルで」

「え、えっと……わ、私は【未来予知】ですぅ！」

「私のは【解析《かいせき》】。どんなものでも調べることができる」

凛が、少し言い淀《よど》みながら決意したように莉奈が、淡々《たんたん》と杏樹がそれぞれ自分のユニークスキルを教えてくれる。

……これは、かなり驚いた。

いや、マジで。

ユニークスキルを持っている人はそこそこいるけど、名前だけでもわかる。かなり強力なスキルだ。

凛の【神速】に莉奈の【未来予知】、それに杏樹の【解析】か。

正直この中だったら【未来予知】が飛び抜《ぬ》けてヤバい。

どこまで未来が見られるか、どんなものが代償《だいしょう》になるか、それらの条件がわからないからまだなんとも言えないけど、それでも条件が整えば未来が見られるんだ。

このことが発覚したら、間違《まちが》いなく国を巻き込《こ》んでの争奪戦《そうだつせん》が起きるだろう。できればそう言ったことからちゃんと守ってくれる企業《きぎょう》とかを紹介《しょうかい》したいけどなぁ。

「ちなみにユニークスキルの効果は聞いても大丈夫？」

俺は三人、主に莉奈に問いかける。

莉奈になぜ聞いたかというと、莉奈がこの三人の中だったら一番正確に教えてくれそうだと判断したからだ。

ユニークスキルの効果によっては、これからの予定が変わるかもしれないから正確な効果を知りたいしな。

「はい大丈夫ですよ。凛ちゃんの【神速】は自分の速さを倍にするって感じの能力で、私の場合は未来のほんの一部分が見えるようになるらしいです。だけど使用ＭＰがかなり多いので、今の私ではまともに使えませんね」

「らしいです？　それに、そんなにＭＰを使うのか？」

今かなり低く見積もっても莉奈のレベルは40は確実にあるはず。

それでもまともに使えない？

どんだけＭＰ使うんだよ。

「えっと……２０００です……」

「２０００!!」

これはまたすごいスキルだな。

２０００ともなると俺《おれ》のＭＰでも半分以上持ってかれる数値だぞ？　このまま成長していけば２０００ＭＰなんてすぐだろうし。

「それはまたすごいな……」

「ま、まあ、その２０００ＭＰのほかにも色々制約があるせいで一回も使ったことがないんですけどね。えっと、話を戻しますね。

あとは杏樹《あんじゅ》ちゃんの【解析】スキルは対象がどんなものであろうと解析することができるんです。なので、モンスター相手にはすぐに弱点がわかったりするので初めてのモンスターと戦う時は大活躍《だいかつやく》ですね」

「なるほど。それは確かに便利だな」

相手の強さや弱点がわかれば戦闘において圧倒的《あっとうてき》に優位に立てる。

しかも、それが未知の敵だったとしてもだ。

この子達は成長したら、かなりの大物になりそうな気がするな。

「まあ、こんなところだよね」

「そうですねぇ……あんまり教えることもなかったかもですぅ……」

「だけどこれで全部だし、問題なし」

「そっか……教えてくれてありがとな」

「いいですよぉ。まあ、あたし達が全員ユニークスキル持ちっていうのもあるんですけど、お父さん達が信頼《しんらい》できる人以外には絶対に話すな！　って言ってたんですけど、天宮さんは信頼できますから」

「……ああ、そういうことね」

　全部理解した。

　ユニークスキルを隠すのと同時にお父さん達からしたら娘《むすめ》に変な虫が寄り付くのを防いでたってわけか。

「凛達はお父さん達に感謝しときな。いやまじで」

「……？　はい!!」

「えっと……感謝はいつもしてますよぉ……」

「もちろん」

　うん、本当にいい子達だなぁ。

　正直ここまで信頼してくれていることが結構嬉《うれ》しいな。

「そっか……それじゃあどうする？　ハイオークに挑戦してみるか？」

　ハイオークは今の凛達でもギリギリ倒せるはずだ。

だけど、無理はさせない。

ハイオークと戦う時は俺が必ずサポートをするし、もしもの時の回復も俺がポーションでやるつもりだ。

だから、危なくなったらいつでも俺と結愛が助けられるようにはしておく。

「え⁉　良いんですか‼」

「ああ、オークへの攻撃を見た限り充分だろ。それに、三人がユニークスキルを使ってハイオークと戦っているところも見てみたいしな」

「やった～‼　じゃあ行こ行こ！　莉奈《りな》、杏樹行くよ‼」

「ま、待ってよ凛ちゃ～ん‼」

「凛、先行くと危ない」

俺がそういうと凛が先に叫びながら駆《か》け出し、そのあとを莉奈と杏樹の二人が追いかけていく。

こうして見ると本当に仲が良いんだなって思う。

「そうだな。さてと、じゃあ俺も行きますか‼」

俺も三人のあとを追って全力で走る。

「あ、天宮さんはや‼」

凛達《りんたち》を追い抜かして走り続ける。

その瞬間《しゅんかん》凛《りん》の驚きの声が後ろから聞こえてくるけど、そんな声を聞き流しながら走り、ハイオークのいるボス部屋まで向かうのだった。

手加減？　そんなの知らんなぁ！

「よし、着いたな」

「はあはあ……天宮さん速すぎだよぉ……」

「はあはあ……本当に……速い……はあはあ……」

「……もう……無理」

「いや、ごめん。つい楽しくなっちゃって」

久しぶりにあんなになにも考えずに走ったから気持ち良くなってしまった。

まあ……

「とりあえず休憩《きゅうけい》するか」

「うん……」

「さ、賛成……です……」

「……」

三人とも相当体力を消耗《しょうもう》してしまっているようで地面に座《すわ》り込んでしまう。

……俺の走る速度には追いついていなかったとはいえ、あれだけ俺に追いつこうと走ったんだから、ステータスが上がってても息切れはするか。

まあ、原因は俺なんだけど、後悔《こうかい》も反省もありません！　楽しかったです！

「はい、水」

俺はアイテムボックスの中から水の入ったペットボトルを取り出して、三人に手渡《てわた》す。

「あ、ありがとう……」

「ありがとうございます」

「感謝。喉《のど》カラッカラ。いただきます」

三人はペットボトルを受け取ると、水を勢いよくグビッグビッと飲んでいく。

かなり喉が渇いていたんだろう。ペットボトルの中に入っていた水はあっという間に無くなった。

「ふぅー、生き返ったよぉ……」

「はい……とても美味《おい》しかったです」

「砂漠《さばく》の中のオアシス。美味しかった」

座り込んで水を飲んだ三人は元気を取り戻したのか、笑《え》みを浮《う》かべている。

「それじゃあ、少し休んでからハイオークに挑《いど》むぞ。今のうちに聞きたいことがあったら聞いといてくれよ」

「う〜ん……あ！　天宮さんってさ、今レベルどれぐらいなの!!」

凛が突然《とつぜん》立ち上がり俺に向かって聞いてくる。

そういえば言ってなかったっけ？　てか今から挑むハイオークには関係ないけど。

まあ——

「な・い・しょ♪」

——教えないんだけど。

だってこの前まで、この巌窟《がんくつ》のダンジョンに潜《もぐ》ってたのに、今はとんでもなくレベルアップしてるんだから絶対におかしいって思われてしまう。

「えー!!」

「まあ、みんなにはユニークスキルを教えてもらったし、俺のユニークスキルについて教えてあげるよ」

まあ、ユニークスキルについてなら良いだろ。

というか教えてあげないと俺だけユニークスキルを聞き出して、逆に俺は教えないいクズ野郎《やろう》になっちゃう。

それに、先に俺が【魔法矢《マナ・ボルト》】について教えれば、勝手に三人ともユニークスキルは一つだけって勘違《かんちが》いしてくれるだろうしな。

そうすれば俺がユニークスキルを二つ持っているなんて思いもしない。

……クックックッ。我ながら完璧《かんぺき》な計画だ。

「え⁉　ユニークスキル⁉　天宮さんも持ってたの‼」

「これが驚きなことに実は持ってるんだよ」

「き、気になります」

「教えて」

俺がユニークスキルについて教えると言ったら、三人は目を輝《かがや》かせて俺に迫《せま》ってきた。

お、おう……そこまで期待されるとちょっと恥《は》ずかしい。

そして、同時に誤魔化《ごまか》すためにユニークスキルを教えようとしたことに罪悪感が……

「お、おう。俺のユニークスキルは、【魔法矢《マナ・ボルト》】って言って、ＭＰを消費して魔法の矢を出現させるスキルだよ。ちなみに、作った矢の攻撃力《こうげきりょく》は精神力のステータスによって変わるんだ」

俺がそういうと、三人は驚いた表情をして固まってしまった。

「どうした？」

「ちょ、ちょっと待ってください！　矢ですか⁉　天宮さんって短剣《たんけん》を使ってましたよね

!!」

「そ、それなのに矢ってことは弓も使うんですか？」

「ぶっ壊《こわ》れてる」

次々と俺の【魔法矢《マナ・ボルト》】についての感想や質問が俺に飛んでくる。

「いやまあそうだな。弓は使う、というか弓がメインだな。短剣はサブ武器だよ、近づかれた時のためのな」

まあ、最近は近づかれることはないから単純に近接戦闘用の武器になってるけど。

「はえ～やっぱりレベルが高いといろんなことができるようになるんですね～」

「まあな。でも三人ならすぐ同じようなことができるさ」

これは本心で思っていることだ。

レベルさえ上げればすぐにできるようになるはず。

今の時点でも三人とも技術は高いからな。

これにスキルとレベルが追いついたらかなり強くなるはずだ。

「う～！　よし！　休憩終わり！　莉奈！　杏樹！　天宮さん！　早く行こう!!」

「う、うん!!」

「了解《りょうかい》」

「ほいよ」

こうして休憩を終えた俺達《おれたち》四人は、ハイオークを倒すためボス部屋へと入る。

その頃には凛達三人は、休憩は充分とばかりに元気を取り戻していた。

……回復早くない？

そのまま、最後尾《さいこうび》の俺がボス部屋に入ると、いつも通りボス部屋の扉が閉まる。

そして、白くもなんともない、いつも通りの普通《ふつう》のハイオークが部屋の中央に姿を現した。

「グオオォォオ⁉」

ハイオークは雄叫びを上げて俺達を睨《にら》みつける。

「よし！　行くよ‼」

「はい‼」

「オーケー」

ハイオークは、一番最初に攻撃《こうげき》を仕掛《しか》けてきた凛にターゲットを絞《しぼ》ったようで、棍棒《こんぼう》を構えて凛に向かって突進していく。

「はあぁぁあああ‼」

凛はハイオークの攻撃に対して、腰《こし》を落として片手剣《けん》を横薙《よこな》ぎに振《ふ》るう。

ハイオークはその攻撃を棍棒で受け止め、攻撃の威力を殺すように斜《なな》め後《うし》ろへ跳《と》ぶ。

凛の攻撃を受け止めたハイオークは、少し後ろに下がっただけでダメージはほとんど無いように見える。

「ここ」

そして、その隙《すき》をついて杏樹が、ハイオークの背後に回り込み、短剣を逆手に持って、心臓部に向かって突《つ》きを放つ。

しかし、ハイオークはそれに気づいていたのか、一歩動いて短剣を避《よ》ける。

「グルァァァ⁉」

そして、そのまま遠心力を利用して、裏拳《うらけん》のようなものを杏樹に放つ。

「くっ……‼」

杏樹は自分で吹《ふ》き飛ばされる方に飛んだらしく、何回か空中で回転して勢いを殺して地面に着地する。

「杏樹ちゃん‼」

そこにすかさず莉奈から光が杏樹に向かって飛んでいき、杏樹に当たると杏樹の体が淡《あわ》く光り始めた。

「ん。莉奈ありがとう」

「気にしないで！　私は今回、回復に専念するから攻撃はよろしくね!!」

「任せて」

そんな会話をしているうちに、今度はハイオークが凜に向けて棍棒を振り下ろす。

「せいっ!?」

それに対して凜は、振り下ろされた棍棒を避けて、ハイオークの腕《うで》を切りつける。

だけど、できた傷は浅く、あまり大きな傷ではない。

「あー！　もう硬すぎ!!」

凜がそう叫《さけ》ぶと、いつの間にか背後に移動していた杏樹が、短剣で何度もハイオークの背中を突き刺《さ》していた。

「えい」

そして、杏樹が短剣を引き抜くと、そこから血が溢《あふ》れ出てくる。

「グ、グアァ……」

それでやっと痛みを感じたらしく、ハイオークは苦悶《くもん》の声を上げる。

だが、【鑑定《かんてい》】でハイオークのＨＰを見ても、ここまでの戦闘で、ＨＰ２０００ある中の60しか削《けず》れていなかった。

「……ダメ、全然効いてない」

「でも一応効いてるよね？　だったら攻《せ》めきるだけだよ!!」

凛はそう言うと、いつもと違《ちが》う突きに特化したような構えを見せる。

お？　ついに使うか？　ユニークスキルを。

「いくよ！　【神速】!!」

凛がそう言うと、凛の体中《からだじゅう》が薄《うす》く発光し、次の瞬間《しゅんかん》にはハイオークの背後まで移動していた。

速いな。

「はあっ!?」

そして、先ほどと同じように剣を振《ふ》るう。

その剣を振る速度とハイオークまで近づいた速さは今までの比にならないくらい速く、ハイオークは反応すらできずに背中に傷を作り、横っ腹に傷をつけられる。

「グ、ガァッ……」

「まだまだ!?」

凛はさらに動き回りながら剣を振るい続け、どんどんハイオークの体に切り傷が増えていく。

それに対して、ハイオークはなんとか反撃《はんげき》しようと、棍棒で攻撃するが、それも難なく凛は避ける。

「私も忘れないで」

そして、その隙に杏樹がまた短剣でハイオークを斬《き》りつけた。

斬りつけた場所は足の腱《けん》。

足の腱を斬られたハイオークはバランスを崩《くず》してしまい、膝をつく。

「あそこまで凛に翻弄《ほんろう》されてたなら、私でも簡単にあなたの弱点を狙《ねら》える」

確かに杏樹が言う通り、ハイオークは完全に翻弄されていて、凛と杏樹が交互《こうご》にハイオークを攻撃していた。

そして、とうとうハイオークが立っていることが出来なくなり、四《よ》つん這《ば》いになる。

「これで終わりだぁ!!!」

凛はハイオークの後ろに一瞬にして回り込んで、剣を両手に握《にぎ》り直して背中から思いっきり剣をハイオークに突き刺す。

「グ………ァ」

そして、剣を突き刺されたハイオークは、小さく声を上げた後、前のめりに倒れてそのまま動かなくなった。

「～ッ！　やったー！　勝った！　勝ったよ！　莉奈！　杏樹!!」

凛はハイオークの体から剣を抜き取ると、嬉しそうにその場で飛び跳《は》ねる。

「や、やったね杏樹ちゃん!!」

「ん。お疲《つか》れ様《さま》」

莉奈と杏樹はハイタッチをして喜んでいる。

うん、本当によく頑張《がんば》ったな。

それにしても、ハイオーク相手にここまで圧倒《あっとう》するか。

やっぱりユニークスキルっていうのは俺のも含《ふく》めてだけどぶっ壊れてるな。

だけど、これで凛達がEランクダンジョンを攻略《こうりゃく》できることがわかった。

だから俺はまたレベル上げの日々に戻《もど》る。少し寂《さび》しくもあるけどこれまでも同じような経験をしたんだ。我慢《がまん》するさ。

あとは地上に帰って凛達がEランクダンジョンの攻略を成功させたことのお祝いでもしよう。

「だから……何の用かな?」

俺は気配を感じた後方へ視線を動かしながらそう問いかける。

俺のその行動に「え?」という表情を浮かべた凛達が、釣《つ》られたように俺と同じ方向に視線を向け、はっとその体を強張《こわば》らせる。

「彼女達《かのじょたち》はボスを討伐したばかりで疲れてるんだ用件があるなら手短に頼《たの》むよ。お三方？」

そのまま俺は開いた扉《とびら》の方を振り向き、感じた気配の持ち主――凛達がハイオークを倒したことで開いた扉から入ってきた三人に問いかける。

その三人は男性で、二人は一週間前にもこのダンジョンで見た全身黒ずくめの怪しい二人組。

この二人はまだマナー違反《いはん》なだけだ。

ボス討伐してたパーティーがいるなか、出てくるのを待たずに入ってくるのは、気づかずにやってしまうこともあるし仕方ない。

だけど、最後の一人。そこが問題だった。

最後の一人は、魔犬《まけん》のダンジョンの監視者《オブザーバー》で現在も謹慎《きんしん》中のはずの男。

多賀谷だった。

「お三方、特に多賀谷さん。なんであなたがここにいるんですかね？」

まあ、怪しい二人はまだわかる。

たまたまこのボス部屋のある階層に下りてきた時に、凛達がハイオークを倒したことで扉が開いていて誰《だれ》もいないと勘違いした可能性もあるからな。

だけど多賀谷がここにいるのはおかしい。

多賀谷は今、あの魔犬のダンジョンの事件の時の責任を取るために今は謹慎中のはず。

「あ、天宮さん。あの人達《たち》って?」

いつの間にか近づいてきていた凛から質問される。

「ちょっと説明が難しいな……でも一人はここにいるわけがない奴《やつ》だよ。絶対に」

説明しながらも、警戒《けいかい》は怠《おこた》らないようにしながら睨み付ける。

「クックックッ。まあ、そういうことだな。悪いな嬢《じょう》ちゃん達も巻き込んじまってよぉ
……」

あの謝罪の時と言葉遣《ことばづか》いや態度がまったく違う。

完全にチンピラ口調だし、目は虚《うつ》ろで口元には薄ら笑《わら》いを浮かべている。

これはまずいな……

明らかに正気じゃない。

「巻き込んで悪いってことは目的は俺か。一体どういうつもりなんだ? あんた」

「どうするつもりもないさ。ただお前に復讐《ふくしゅう》に来ただけさぁ……」

「復讐だと……?」

こいつもしかして、あの時のことを根に持ってずっと復讐の機会を狙っていたのか?

……となると残りの二人も協力者と考えるべきだな。

「そうだ。あの時のことを俺は忘れてねぇぞ……てめぇのせいで俺は謹慎処分を受けて、おまけにこれから支部で監視されながらの生活を送らなけりゃいけなくなった。それも全部てめぇのせいだ……」

「それで復讐のためにそこの二人に協力してもらってるってことか」

「ああ、その通りだ。だが、それだけじゃねえ。てめえが俺を突然変異《ミュータント》モンスターを倒したと嘘《うそ》をついて嵌《は》めたことも忘れちゃいねえ。その分もまとめてたっぷり苦しめてやるぜ!!」

「なにそれ！　逆恨《さかうら》みってことでしょ!!」

多賀谷の話を聞いた凛が怒《いか》りをあらわにして多賀谷を睨み付けた。

杏樹も、莉奈も言葉には出していないけど、その目に怒りを宿して、多賀谷を睨み付けてる。

「はん！　それがどうした！　俺のこれからの生活はどうやっても取り戻せねえんだよ!!　だったらせめてそいつを殺して憂《う》さを晴らすしかないだろ!?」

……やっぱりマトモじゃないな。

目の焦点《しょうてん》も合ってないし、とてもじゃないけど普通とは思えない。

「悪いけど、俺も殺されるつもりはないからな。抵抗《ていこう》させてもらうぞ」

見たところ多賀谷はそこまでレベルは高くないし、残りの二人も……Dランクダンジョンぐらいか？　それぐらいのモンスターを倒せるぐらいのレベルだ。

少なくともDランクダンジョンのボスをソロで正面から倒せる俺の敵ではない。

「そうかよ殺れ！　お前ら！　今更抵抗《いまさらていこう》したところで無駄《むだ》だってことを教えてやれ！　ただし女は殺すなよ!!」

「……了解」

「……」

多賀谷は後ろの二人の仲間に命令する。

すぐに攻撃してくるかと思ってすぐに疾走《しっそう》の短剣を構える。

だけど、俺の予想に反して、二人が襲《おそ》いかかってくることはなかった。

二人はただ銃を構えて、銃口《じゅうこう》を俺に向けてくる。

さて、どうしようかな。

倒すだけなら簡単だ。

だけど、下手なことすると普通に俺の攻撃で死にかねないんだよ。

出来れば凛達もいるし殺したくはないんだよな。

【魔法矢《マナ・ボルト》】だとパーンッて破裂《はれつ》しそうだし。

俺がどうやってあの二人を倒そうかと考えていると、俺の隣《となり》にいた凛《りん》が一歩前に出て俺の前に立った。

まるで俺を守るかのように。

「凛⁉　なにをしてるんだ‼」

俺は思わず声を荒《あら》げてしまう。

「なにって……天宮さん一人じゃ二人はきついって思ったんだけど……」

「いや、心配は嬉しいけど、問題ないよ。凛達は、俺にあいつらの相手をさせてその間に逃《に》げてくれればいい。だからここは俺に任せて……」

「そんなの駄目《だめ》だよ！　それに私達だってもう巻き込まれてるんだからね！　いくよ！

【神速】‼」

「あ、バカ‼」

俺が止めるまもなく、凛はユニークスキルの【神速】を使って一瞬《いっしゅん》でソードオフ・ショットガンを持った男の目の前に移動すると、鞘《さや》に入ったままの剣を振り下ろす。

「やぁっ‼」

しかし、男は振り下ろされた剣を片手で掴《つか》み止める。

「ふん‼」

そして、流れるような動きで凛の腹に向かって蹴《け》りを放つ。

「うぐぅ……くはぁ……」

男の攻撃は見事に凛に命中した。

幸いにも防具のお陰《かげ》で致命傷《ちめいしょう》にはなっていないようだが、それでもかなり効いているようで凛はそのまま俺達のところまで吹っ飛ばされる。

「り、凛！　大丈夫《だいじょうぶ》か!!」

「凛ちゃん!!」

莉奈が光を放ち、回復魔法を発動させる。

すると、凛のＨＰは見る間に回復していってすぐにお腹《なか》を押《お》さえながら膝《ひざ》立ちになった。

「凛の敵……っ!!」

「……」

杏樹が短剣を構えた瞬間、凛を蹴り飛ばした方じゃない男の持ったスナイパーライフルから放たれた弾丸《だんがん》が、杏樹の構えた短剣を吹き飛ばす。

「……次は当てるぞ……」

「ハッ！　こいつらは普段《ふだん》Ｄランクダンジョンに潜ってる探索者だ！　お前らみたいなＥランクダンジョンに潜り浸《ひた》っている奴らに負けるわけねぇだろ!!」

確かに、多賀谷の言う通りあの二人はDランクダンジョンに潜っているような強さを示している。

装備の質はそこそこいいし、纏《まと》った雰囲気《ふんいき》からもそれなりに場数を踏《ふ》んだ戦い慣れしている感じがある。

だけど、それでも今の俺の敵じゃない。

「……」

杏樹の短剣を撃《う》ったスナイパーライフルを持った男が、今度は俺に銃口を合わせる。

「やれ!!」

「……」

俺は無言でスナイパーライフルの銃口を見つめ続ける。

しばらく見続けると、銃口から火が噴《ふ》いた。

だけど、その銃弾《じゅうだん》は俺に当たることはない。

「ハッ!!」

なぜなら、疾走の短剣で銃弾を斬り裂《さ》いて防いだからだ。

「なにぃ!!」

俺の行動に、多賀谷は驚愕《きょうがく》の声をあげる。

まあ当然のことで、魔道具《まどうぐ》に強化されていないただの銃《じゅう》なら、これぐらい今の俺のレベルなら楽勝だ。

しかも今の俺は、600超《ご》えのレベル＋俊敏《しゅんびん》、精神力特化のBP振りというステータスなので、ちょっとやそっとの銃撃《じゅうげき》では俺を捉《とら》えることはできない。

それに、魔犬の腕輪《うでわ》で俊敏も補正がかかってるんだから今更《いまさら》ただの銃弾なんて遅《おそ》い遅い。

「な、なんだと!!」

「い、今のなに？」

多賀谷達が動揺《どうよう》してる隙を突いて、俺の方も多賀谷達に反撃するために、【アイテムボックス】から龍樹の弓を取り出し、【魔法矢《マナ・ボルト》】で透明《とうめい》な矢を二本作り出して、弓につがえる。

「【複数捕捉《マルチロックオン》】……シッ!!」

そして、【複数捕捉《マルチロックオン》】でスナイパーライフルとショットガンに狙いをつけて、当てるという意思を込めて弓を上に向けて矢を射《う》ち出す。

すると、上方向に射ち出された二本の矢は、上に飛んでいっている途中《とちゅう》でグネッと曲がり、それぞれがスナイパーライフルとショットガンに突き刺さる。

そして、そのまま貫《つらぬ》き、スナイパーライフルとショットガンの両方を粉砕《ふんさい》した。

「……!!」

「……なに!!」

「な、な、なにをしたぁ!!?」

俺が放った予想外であろう攻撃に、三人は混乱したような声をあげた。

俺は、そんな三人の声を無視して、今度は龍樹の弓を【アイテムボックス】にしまって、疾走の短剣を取り出す。

「これで終わりだよ」

「チッ!!」

「……!!」

俺は、残り二人のナイフを構えた男と拳《こぶし》を構えた男に狙いを定めて短剣を横にしてうちわのように振るう。

すると、振られた短剣の軌跡《きせき》から凄《すさ》まじい風圧が発生し、二人の体を吹き飛ばす。

なんと、こんなことができるようになっちゃいました。

ステータス様々だ。

「ぐわっ!!」

「がふぅ……!!」

二人は吹き飛ばされると、壁《かべ》に叩《たた》きつけられて動かなくなる。

まあ、ＨＰは残ってるだろうし死ぬことはないだろ。

てか死ぬなよ？　俺だけならまだしも、凛達も巻き込《こ》んだんだから絶対に許すつもりはないからな。

そして、多賀谷も巻き込めないかな？　と狙ってみたけど、残念ながら野生の勘《かん》なのか知らないけど、風圧があまり届いてないところまで下がっていたようで当たらなかった。

「な、なにこれー!?」

「す、すごい」

「……」

凛達を巻き込んでないか確認《かくにん》すると、凛は、目の前で起きた出来事に驚《おどろ》いているようで、声を上げている。

そして、莉奈は、驚きつつもどこか感心するような目をしていた。

杏樹だけは、俺がやったことに納得《なっとく》しているのか、無言でうんうんとうなずいている。

だけどこれで多賀谷の復讐のための戦力は無力化出来ただろ。

「さてと、お前が頼《たよ》りにしてたらしい探索者《たんさく》は倒《たお》した。おとなしく降参してもらおうか？」

短剣を多賀谷に突きつけながら、降伏勧告《こうふくかんこく》をする。

「糞《くそ》が糞が糞が！　なんでこうも上手《うま》くいかねえ!!」

多賀谷は、俺の言葉を聞いて悔《くや》しそうに地団駄《じだんだ》を踏む。

「お前のせいだ！　全部、お前が来てからおかしくなったんだ!!」

多賀谷は、急に喚《わめ》き散らし始めた。

どうやら、俺のことが相当気に食わないみたいだけど……

「悪いけど、お前の言い分を聞く気はない。大人しく捕《つか》まれ」

「ふざけんな！　誰がテメェなんかに捕まるかよ!!」

多賀谷は俺の降伏勧告を拒否《きょひ》してきた。

……仕方がない。

「じゃあ悪いけど少し力ずくでいかせて……うん？」

力ずくで捕まえて地上に連れていこうかと思ったんだけど、どうにも様子がおかしい。

さっきまで騒《さわ》いでいた多賀谷の声が小さくなり、段々と呂律《ろれつ》が回らなくなってきている。

そして、最終的にはブツブツと何か呟《つぶや》くだけになってしまっている。

「……れだ……から？　…………い」

「えっと……あの人大丈夫？」

その様子に、凛が心配そうな顔をしながら俺《おれ》に多賀谷が大丈夫か聞いてくる。

そして、そんな凛の声に反応するように、多賀谷はグリンッと音が聞こえそうな勢いで首を動かし、血走った目をどこか虚空《こくう》に向けている。

「ああ！　よこせ！　どうせ俺はここで終わりなんだ！　なら全部くれてやるから寄越《よこ》せよぉおおお!!!」

そして、突然叫び始めた。

なにこれ怖《こわ》い……

そんな風に思ってると、多賀谷の体が突然《とつぜん》光《ひか》り輝き始める。

「なっ!!」

「まぶし!!」

「きゃあっ!!」

「む？」

俺達は眩《まぶ》しさに目がくらみ、思わず顔を背《そむ》ける。

そして、光が収まったと思い目を開けると、そこには、よくわからない赤いオーラのようなものを纏っている多賀谷の姿があった。

「おいおい……マジかよ」

俺は、その姿に唖然《あぜん》としてしまう。

さっきまで追《つ》い詰められていた時にはあんなものを使おうともしていなかったのに、突《とつ》然叫《ぜんさけ》びだしたらあれだよ。

ほんと、わけわからん。

「な、なにあれ……」

「あ、天宮さん、なんですか。あれ」

「これはいったい……」

三人もいきなり変化した多賀谷を見て、困惑《こんわく》した表情を浮かべている。

そりゃそうだよね。

俺だって意味がわかんないし。

「あぁ……アァアァッ!! いいぜぇ！ これさえあれば！ 俺はもっと強くなれる！ 誰にも負けない力が手に入る!!」

多賀谷は、全身に赤いオーラを身に纏いながら、ニヤリと口角を上げる。

すると、多賀谷はステータスを開いてなにかを確認すると、ニヤッという笑《え》みを浮かべた。

……なんかまずい気がする。

「お前らクソどもに見せてやるよ！ 俺の、力ぁぁぁ！ 【憤怒《ふんぬ》】!!!」

多賀谷が、スキルだろうか？ なにかの名前を叫んだら突然ボス部屋が、いや、ダンジヨンが揺《ゆ》れだした。

「な、なにこれ!!」

「じ、地震《じしん》!!」

「危ない……!!」

「ダ、ダンジョンが揺れてる……!!」

凛は慌《あわ》てているし、莉奈《りな》は狼狽《ろうばい》してる。

杏樹《あんじゅ》は、なにかを察していたのか冷静にみんなを守ってくれている。

それに、ダンジョン自体が揺れるのは本当に嫌《いや》な予感が……

というか思い当たるのは一つしかない……！

「魔物暴走《スタンピート》!!」

魔物暴走は確かこんな風にダンジョン自体が揺れて、次々とモンスターが出現し続ける現象だったはず。

なんでそんなことが今!?

「ギャハハッ！　どうだ俺の怒りの力はよぉ!!!

この魔物暴走も俺が起こしてやったんだよ！　このダンジョンはもう………俺のものだぁ!!!」

多賀谷の笑い声が響《ひび》く。

やっぱりこいつが魔物暴走の引き金になっていたのか……！

だけどここはまずは——

「三人とも！　逃げるぞ!!」

今回の魔物暴走は多賀谷の言うことを信じるんだったら、あいつが引き起こした異常事態《イレギュラー》だ。

普通の魔物暴走と違うし、下手なことをすれば被害《ひがい》がもっと拡大してしまうかもしれない。

そうなれば、俺は片《かた》っ端《ぱし》からモンスターを片付ければ助かるかもしれないけど、凛達《りんたち》はそうじゃない。

凛達のレベルは、無限と言って良いほどに襲いかかってくるEランクモンスターを捌《さば》きれるようなレベルではないんだ。

しかも変な力を手に入れた多賀谷の相手をしながら？　絶対に無理だ。

だから、逃げの一手を打つのが今は最善。

幸いにも多賀谷は力に酔《よ》っているのか、高笑いをあげているだけだし。

……多賀谷がバカでよかったぁ……

襲いかかられてたら逃げられなかったし。

「天宮さん!?　戦わなくて良いんですか!!」

「今は無理だ！　それよりも早く地上に出ることを優先する！　凛達を守りながら戦う余《よ》裕《ゆう》はないからな!!」

「うぅ……確かに……わかりました。行こう！　莉奈、杏樹」

俺の言葉を聞いた凛は、少しだけ悔しそうな顔をしながらも、すぐに切り替《か》えて莉奈と杏樹の二人に声をかける。

そして、俺達は多賀谷に警戒をしながらボス部屋から出て、ダンジョンの外に向かって全力疾走するのだった。

……気絶してる多賀谷の仲間二人を引きずりながら。

第10章　魔物暴走《スタンピート》

「なにこれなにこれー!!!」

「キャー!!」

「多すぎ」

「今はとにかく逃げろー!!!」

俺が後ろをチラッと振り返ると、後ろからオークの大群が追いかけてくるのが見える。

探索者の資格を取るための講習を受けた時に、ダンジョンが揺れた時点で一回地上に出るように教えられてるし、俺達がボス部屋のある最下層にいたから他の人を巻き込むことはないけど、それでも数が尋常《じんじょう》じゃないぐらい多い。

……いや、マジで多い。

具体的に言えばオークで通路がミチミチになるぐらいに。

「くそ！　多賀谷のやつどんだけ大規模な魔物暴走を引き起こしやがった!!」

Eランクの群れなんて、今の俺なら大したことない強さなのに、それがあんな数になると流石《さすが》にまずい。

実力で勝ってても質量で押し潰《つぶ》される可能性もあるからな。

それに、このまま地上に逃げるわけにもいかないし、なんとかして数を減らさないと
……！

だけど、それをするにしてもこの引きずってる二人が邪魔《じやま》すぎる！

この二人は事件の重要参考人だし、見捨てられないんだよなぁ！

せめて少しでもオークが止まってくれたら良いんだけど……！

「火壁《ファイアウオール》！」

そんなことを考えながら凛達と出入口に向かって全力で走っていると、俺達とオークの間に火の壁が立ち上った。

「な、なに⁉」

突然《とつぜん》の事態に俺も凛達も呆然《ぼうぜん》としてしまう。

立ち上った火の壁はオークの進撃《しんげき》を止めるとまでは行かないけど、オーク達は焼け、進行を遅くする。

けど、俺はこの声に聞き覚えがあった。

この声は……！

声が聞こえてきた方へと視線を移し、声を発した人物を見る。

そこには……。

「楓《かえで》さん！　みなさん！　無事ですか⁉」

杖《つえ》をこちらに向けて魔法《まほう》を行使する、ＰｏｕＴｕｂｅｒ姿の結愛とガーゴイルのガーくんがいた。

「ゆ、結愛⁉　それにガーくんも！　なんでここにいるんだ⁉」

俺は凜達三人と結愛へと走りながらそう問いかける。

「あの人って……」

「う、うん。配信者のリーシェさんだよね……？」

「あまみー知り合い？」

俺は結愛に近づきながら思わずそう聞いてしまう。

……あっ。今の結愛はリーシェの服装だし、ガーくんもいるし本名は不味《まず》かったか？

「すまんリーシェ！　本名言っちゃった！」

「大丈夫です。配信はちゃんと止めてますので。それよりも詳《くわ》しい話はあとです！　今は逃げましょう！　火壁もそこまで持ちません！」

結愛の言う通り、火壁はオーク達の進行によってジリジリと弱まっていて、通ってくるオークも多くなっている。

だけど、あれだけ足止めできてるなら……。

「結愛！　オークをもう少し足止めできるか⁉」

オークの数を減らせる！

「できます！」

「なら頼む！　凛達はこいつらを連れて先に行ってくれ。ふん！」

俺は立ち止まり振《ふ》り返ると、前方に引きずってた二人をぶん投げて、三人に指示を出す。

一応あの二人も探索者だし、このぐらいじゃ死なないだろ。多分。

「え⁉　ちょっと待って！　あたしも一緒《いっしょ》に戦うよ⁉」

「そ、そうですよ天宮さんとリーシェさん、二人で戦うつもりですか？」

「私も戦う。二人であの数は無理」

凛、杏樹、莉奈の三人も立ち止まって、それぞれ武器を構えて、戦う準備をする。

その一緒に戦うっていう気持ちはめちゃくちゃ嬉《うれ》しい。

だけど――

「いや、言い方が悪かったな」

俺はそう言ってから【アイテムボックス】から龍樹の弓を取り出して、まだ追ってきているオークの大群に照準を合わせて構える。

「俺が言いたかったのは――」

MPを1000消費して、【魔法矢《マナ・ボルト》】がスキルレベルが20になったことで増えた、新しい効果を発動させる。

「――巻《ま》き込まれるから先に行けってことだ……！」

弓につがえるのは巨大《きよだい》な矢。

今まで【魔法矢《マナ・ボルト》】で作り出してきた矢とは比べ物にならない巨大な矢だ。

バカデカイけど、それでも龍樹の弓がデカイのもあって充分《じゆうぶん》弦《つる》を引ける。

「いきます！　楓さんにいただいたこの魔樹《まき》の杖の能力お見せします！」

俺が立ち止まって準備を整えてた間に、同じように準備をした結愛とガーくんがオーク達に対峙《たいじ》している。

そして、結愛が持っている杖に魔力《まりよく》が集まり始めて……

「風よ！　炎《ほのお》よ！　混ざりて力を成せ！　風炎壁《ハイファイアウオール》！」

結愛がそう唱えると、オークの軍団と俺達《おれたち》の間にさっきよりも強い炎の壁が立ち上り、オーク達の勢いを止める。

これは……複合魔法!?

突然変異《ミュータント》ボスモンスターから落ちる杖の中でも、超低確率《ちょうていかくりつ》で杖に付与《ふよ》されてるスキル【複合】がなきゃ出来ないはず……。

もしかして、さっきの結愛の言葉からしてあの時の白いイビルトレントから出た杖に【複合】のスキルがついていたのか⁉

「だけど、助かったぞ結愛……！」

さっきよりも炎の壁の火力が上がったおかげで、壁を越《こ》えてくるオークが減った。

それに加えて壁を越えてくるオークもガーくんが倒してくれてる。

ここまで隙《すき》なくしてくれれば、あとは俺が終わらせられる。

限界まで龍樹の弓の弦を引き絞《しぼ》り巨大な矢を射ち放つ。

【魔法矢《マナ・ボルト》】のスキルレベル20になったことで新しく使えるようになったのは――

「吹《ふ》き飛べ！　【魔光矢《ディバインボルト》】!!!」

俺が射ち放った一撃《いちげき》により、透明だった巨大な矢は眩《まばゆ》いばかりの光の奔流《ほんりゅう》となって放たれた。

それは一瞬にして視界を埋《う》め尽《つ》くすほどの光が弾《はじ》け、まるでレーザービームのようにダンジョン内を駆《か》け抜《ぬ》ける。

俺が放った【魔光矢《ディバインボルト》】の余波なのか、ダンジョンの床《ゆか》は所々ひび割れ、天井《てんじょう》からは砂埃《すなぼこり》が舞《ま》い落ちる。

そして、砂埃が晴れた時、そこにあったのはオークの姿ではなく、ただの肉片《にくへん》となったものだけだった。

「……ふぅ……」

使うのは初めてだったけど、案外上手くいったみたいだな。

ただ、威力《いりょく》が強すぎたせいか、ダンジョンの壁まで壊《こわ》してしまっている。

まぁでも、非常事態だしダンジョンの破壊《はかい》後はそのうち修復されるから大丈夫だろう。

そして、さっきの【魔光矢《ディバインボルト》】。新しい俺の力だけどとんでもないな。

１０００ＭＰ使うだけはある。

まあ、威力が高い代わりに光属性が付与されたから、扉とかをすり抜けることは出来なくなった。

そこは仕方ないと諦《あきら》めるか。

「天宮さん！　凄《すご》いです！」

「あ、あんなの見たことないです」

「やっぱりあまみーは強い」

「本当ですよ！　なんですかあれは⁉」

四人とも俺のことを褒《ほ》めてくれる。

今のは俺の出せる最大の攻撃《こうげき》だ。

あれ以上のものは俺には出せない。

だけど、追ってきていたオークはしっかり殲滅《せんめつ》できたな。

「ああ。あれは俺の最大火力。まあ、切り札だよ。

とりあえずこれでしばらくは安心だと思うから、地上に出ようか」

こうして、一回オークを殲滅したからか、比較的《ひかくてき》安全に地上に戻ることができたのだった。地上に戻ると、そこには俺達と同じようにダンジョンから出てきたであろう探索者達がいた。

全員、それぞれが武器を構えていて、これからオークの討伐《とうばつ》を始めるようだ。

というか、すでにあちこちにオークの死体が転がっていることからして、もうモンスターが地上に出始めてきてるんだろう。

「付近にいたＥランクダンジョンのモンスターと戦えない探索者に協力してもらい、一般《いっぱん》人《じん》の巌窟《がんくつ》のダンジョン付近からの避難《ひなん》は完了《かんりょう》しました」

「援軍《えんぐん》は？」

「それが、今日が日曜なのもあって探索者が遠方のダンジョンに探索に行ってしまっていてすぐに来られる人材がいないようでして……協会には要請《ようせい》したので、おそらく二時間もすれば応援《おうえん》が来ると思われます」

このダンジョンの監視者であろう男と一人の強そうな探索者の話を聞いて、俺は安堵《あんど》すると同時に、他の探索者に申し訳なくなる。

……ああ、ボス部屋のことを話さなきゃな。

「凛達はあっちの負傷者が集まってるところにいてくれ。俺はちょっと監視者にボス部屋のことを話してくるから」

「わ、わかりました！　天宮さんお願いします!!」

四人と別れて、俺はさっき話をしていた監視者と思われる男に、黒ずくめの二人を引きずって近づくのだった。

＊　＊　＊

「よし。ここならダンジョンの入り口が良く見えるな」

俺は、監視者と思《おぼ》しき男に声をかけると、そのまま黒ずくめの二人を事情説明と同時に引き渡《わた》した。

そして、【隠密《おんみつ》】を使ってその場を離《はな》れて、ビルの屋上に登り、そこからダンジョンの様子を窺《うかが》う。

入り口付近では次々と出てくるオークを相手に盾《たて》を持ったタンクや、剣《けん》や槍《やり》などの近接武器を持つ探索者が果敢《かかん》に立ち向かう様子を見せている。

ただ、銃を使う者は、俺みたいに必中ではないから誤射を考えているのか、あまり銃を使っていない。

どちらかというと、暴発に注意しつつ堅《かた》い銃把《じゅうは》を巧《うま》く利用し、まるで鈍器《どんき》のように振っている。

魔法を使っている探索者は上手くローテーションを組んで、入り口に魔法を放《ほう》り込んでオークを前衛の探索者を巻き込まないように上手く倒している。

「だけどそれでもオークの数が多すぎるな」

魔物暴走には俺達探索者《おれたちたんさく》がｗａｖｅ《ウェーブ》と呼んでいるものがある。

これは、ダンジョン内で発生するモンスターが、段階に分かれて次々と現れる現象のこと。

高いランクのダンジョン、例えばAランクのダンジョンなら、このｗａｖｅがモンスターが強いからなのか三～五回とかなり少ない。

だけど、ここはEランクダンジョン。

モンスターが弱い分、一回のモンスターの数が多く、ｗａｖｅ数も多い。

いや、ほんとマジで。

ＰｏｕＴｕｂｅで動画を見たけど、こんな一気に出てくんの⁉　って思うぐらいの数出てきてたしな。

「お？　危ないぞっと‼」

【鷹の目《たかのめ》】で上がった視力で見えたオークの棍棒《こんぼう》に押し潰されそうになっている探索者を助けるために、【魔法矢《マナ・ボルト》】で作った矢を射ち出す。

その矢は、オークの頭に直撃《ちょくげき》して、一撃で倒すことに成功する。

助けた探索者はキョロキョロ辺りを見渡《みわた》しているけどビルの屋上にいる俺を見つけられるわけもなく、そのままオークとの戦いに戻《もど》っていった。

「これで20ｗａｖｅ目か。これなら援軍が来るまで充分《じゅうぶん》持ちそうだな」

今回、巌窟のダンジョン周辺にいた探索者がレベルの高かった人達《たち》で本当に良かった。

これがもし、普通《ふつう》の低レベル探索者しかいなかったら、あっという間に全滅《ぜんめつ》していただろう。

　てか援軍はまだなのか？

「あと少し頑張《がんば》……うん？」

　またオークがダンジョンから出てきたから次のｗａｖｅが始まったと思ったんだけど、よく見たら普通のオークじゃなくね？

　オークに赤いオーラみたいなものが……てかあれ、多賀谷のやつと一緒だよな？

「あれは……いや、まさかな。そんなはずはない……よな？」

　俺の頭の中にとある可能性が浮《う》かぶ。

　いや、でもそれは流石に無理があるだろ……

「でも、どう見ても同じだよな……？」

　あの赤いオーラっぽいのは、多賀谷が纏っていたものと同じに見える。

　そして、【鑑定《かんてい》】をしたらステータスにも状態異常と同じように憤怒という表記……多賀谷が叫《さけ》んでたスキル名と同じだよなあ……

「しかもなんか強くね？」

　さっきまでオークに対応できてた探索者達が、オークに押されている。

　オークのステータスが上がってるのか？

そうだとしたらこのままだとマズイな。

俺もオークの数は削《けず》っているけど、明らかに削る数よりも出てくるオークの数の方が多そうだ。

それに、今はなんとか耐《た》えているが、いつ限界が来るかもわからないし。

「Eランクダンジョンだから最大であと5waveのはず……それならいけるか」

Eランクダンジョンの最大wave数は二十五回。

すでに20wave終わっていて、今のwaveを含《ふく》めても残りは5wave。

これならなんとかなるか？

「シッ!!」

今度は数を減らす速度《そくど》を加速させるめに三本同時に【魔法矢《マナ・ボルト》】を作り、それを別々のオークに向かって放つ。

さすがにこれは通用するよな？

そんなことを考えながら射ち出した三本の矢は、赤いオーラを出しているオーク達に直撃して、後ろにいたオーク達もまとめて吹き飛ばす。

うん。普通に効いたわ。

これなら——

「なんとかなりそうだ……な!!」

とにかく射つ、射つ、射つ。

そして、その度に後ろにいたオーク達が巻き込まれて倒れていく。

【魔法矢《マナ・ボルト》】で三本ずつ矢を作って射ち出してオークを狙《ねら》い射っていく。

今回ばっかりはとにかく射ち続ける。

ＭＰの消費も減ったし、ＭＰの総量も増えて、ＭＰの回復速度も上昇《じょうしょう》してるからＭＰの心配はしなくてもいいのでとりあえず射ち続けていく。

さて、あとはどうなるかな……このまま終われば良いんだけど。

「あいつで最後か？」

今、巌窟のダンジョンの入り口付近にいた探索者が25ｗａｖｅ目、最後のオークを倒した。

これでもう今回の魔物暴走でダンジョンからモンスターが出てくることはない。

だから、あとは今頃《いまごろ》復活して魔物暴走の要になっているはずのハイオークを倒して、多賀谷を確保すれば良いだけ。

まあ、多賀谷は生きてるかはわからないけどな。

魔物暴走を起こしたのは多賀谷だけどそれでオークに襲《おそ》われないとも限らないし。

さてと、今頃ダンジョン周辺の探索者も集合して、ボスのハイオークを倒しに行くためのパーティーを編成し始めてるはず。

俺もそっちに参加しよう。

「ん？　……ん～～～？」

ビルの屋上から飛び降りようとしたところで、見えてはいけないものが見えてしまった気がする。

いや、お化けとかではないんだけど。

「……いやなんでまだ出てきてんの？」

まだ巌窟のダンジョンからは赤いオーラを出しているオークが出て来ていた。

なんで……？

さっきので25ｗａｖｅ終わったはずだから、オークがダンジョンから出てくるわけないはずだ。

まさかこの魔物暴走自体が、異常事態《イレギュラー》だからか？

だとするとさっきの俺の嫌な考えが当たってることになるんだけど……

俺の嫌な考え……それは多賀谷の使っていた【憤怒】のスキル。あのスキルがダンジョン自体に影響《えいきよう》を与《あた》えるスキルだということ。

正直、魔物暴走とあのオークが出していた赤いオーラからそうじゃないかな？　って考えてはいたけどさぁ……

そうだとしたら、マジでヤバいことになるぞ。

今までの魔物暴走の絶対的なルールだった、モンスターが出てくるｗａｖｅ数の上限。

それが無くなる、または回数が増えてるということは、魔物暴走のオークが無限に出てくるということになる。

そうなったら、いくらダンジョンの近くにいる探索者のレベルが高かったとしても、いつかはモンスターに押《お》し潰されてしまうだろう。

つまり、早くしないと巌窟のダンジョンにいる探索者が全滅してしまう。

もちろん、これはあくまで可能性の話だ。

だけど、多賀谷が魔物暴走の原因であるのは間違《まちが》いないだろ。

ダンジョン周辺で集まっていた探索者達も、異変に気づいてオークとの戦いに戻っている。

俺も参加しないとこれはまずい。

俺が数を減らさないと、その分探索者が危なくなるから俺はもちろん、他の探索者も多賀谷のところに行く余裕なんてない。

……援軍さ――――ん!!!　ハリーアーップ!!!

＊＊＊

「これで30ｗａｖｅ……ちょっと厳しくなってきたな」

オークは確かに倒せる。でも、数が多いし、何より強くなっている。

一応探索者達もオークを相手にしてレベルが上がってステータスも上昇しているはずなのに、押し返せない。

「援軍は……うん？」

【鷹の目】で視力の上がっている俺の視界に捉《とら》えられたのは、戦場に近づいてきている複数の車。

あれは……援軍か！

やっと……てか遅《おそ》い！

「やっと来た……」

車は全部で三台。

その車が停《と》まったのは、オークの群れのすぐそば。

もちろん近くに停まったんだからオークの標的にされないわけもなく、オークが車に近づこうとしたけど――

――その場で倒れた。

それと同時に、車の扉《とびら》が開いて中から出てきたのは、様々な武器を持った探索者達。

既《すで》に一人、オークを仕留めていて、他の探索者もそれぞれ一体ずつ倒し始めている。

オークを倒している強さからして全員Cランクモンスターを倒せるぐらいはあると思う。

だけど、強さとしてはDランクダンジョンの強化されたボスモンスターにはギリギリ勝てない。

そんな感じかな？

だけどこれなら……

「俺も近づいても大丈夫《だいじょうぶ》そうだな」

俺の【捕捉《ロックオン》】を最大限活《い》かすために、見晴らしの良いビルの屋上からオークを倒してたけど、その必要もなくなった。

最後に三本、矢を射《う》ち出してからビルの屋上から下りて、ダンジョン周辺の探索者に合流するために駆け出していく。

「凛《りん》！　莉奈！　杏樹！　結愛!!」

巌窟のダンジョンに近づくと、そこにはそれぞれが仕事をしている四人がいた。

凛と杏樹、結愛はオークを相手にして戦い、莉奈は光を怪我《けが》した探索者に飛ばして回復させている。

俺はとりあえず【魔法矢《マナ・ボルト》】を走りながら射ち出して凛達と戦ってるオークを倒しながら、凛達の方へ走る。

「あ！　天宮さん！　ありがとー!!」

「あまみーお疲《つか》れ」

「あ、ありがとうございます」

「ありがとうございますー!!」

俺が合流すると、すぐに四人とも俺にお礼を言う。

それにしても、みんな随分《ずいぶん》と戦い慣れてきたな。

凛も今回ばかりはユニークスキルを隠《かく》してる場合じゃないと判断したのか、【神速】を使っていて薄《うす》く体が発光している。

多分だけど、杏樹も【解析《かいせき》】を使ってくれてるみたいだし、莉奈に至っては回復させせながらちょくちょくメイスでぶん殴《なぐ》ってるし、結愛は風と火の魔法を使ってオークの丸焼きを作っているのを見かけた。

もうオーク相手だとこれくらいの戦闘《せんとう》は当たり前になってるよな。

あの赤いオーラでステータスが強化されてるのに凄いよほんと。

いや、マジで同じ頃《ころ》の俺のことを考えたら……

うん。止めよう。悲しくなってきた。

「よし、じゃあ援軍も来たしあと少し耐えれば良いんだ！　頑張《がんば》ろう!!」

そう言って再びオークに向かって弓を構える。

そして、援軍で来ていた探索《たんさく》者は一人を残して全員がダンジョンの中に入って行った。

残った探索者は、ムキムキのロングヘアーの男性。

防具をしているけど、それも上半身だけで、それもギッチギチで今にも弾《はじ》け飛びそうな感じだ。

武器は持ってないから魔法か徒手空拳《としゅくうけん》で戦うんだろうけど……うん。あの体からしてまず間違いなく徒手空拳だな。

だけど、一人ってことは本当に最低限の戦力を残してボスの討伐と多賀谷の確保に行くつもりなのかな？

まあ、一人残してくれるなら大分楽になるし別に良いんだけど……なんだろうな?

なんか嫌な予感がする。

なんか危険という感じの嫌な予感じゃなくて、上手《うま》く言えないんだけど……う〜ん。なんだろうこの感じ。

「どうしたんですか?」

「いや、なんでもない。ただ嫌な感じがするだけ」

「嫌な感じですか? ……そ、それって、どういう……?」

そんな会話を近くにいた莉奈としていると、突然男性が叫んだ。

「さあ! 君たち今すぐ僕《ぼく》から離れたまえ! 巻き込《こ》まれても責任は取れないぞ!!」

その言葉を聞いた瞬間《しゅんかん》、男性がポーズを——所謂《いわゆる》サイドチェストを決めると、Tシャツと防具が弾け飛んだ。

「……はい?」

「き、きゃー!!!」

突然の出来事に頭が追いつかず、呆然としてしまう俺《おれ》と、顔を真っ赤にして叫ぶ莉奈。

そして、男性はそれを気にすることなく、よく見るような形の瓶《びん》に入った香水《こうすい》らしきものをズボンのポケットから取り出した。

「これが僕の力だ！　さぁ行くぞオークども！　【臭気砲《パルファムキャノン》】――――――ッ!!!」

次の瞬間、男性がその瓶の栓を取り、頭から香水を被《かぶ》る。

すると、体から強烈《きょうれつ》な匂《にお》いが噴き出し、辺り一面がフローラルな香りに包まれた。

いや、包まれるというレベルではない。

咄嗟《とっさ》に鼻を摘《つ》まんだけど、それでも鼻の中に残る鼻が曲がりそうになるほど酷《ひど》く濃《こ》い匂い。

しかもそれを嗅《か》いだオーク達は、急に動きを止めて悶《もだ》え苦しんでそのまま次々と動かなくなっている。

「なにあれ……」

「俺もわからない……」

俺も近づいてきていた凛に質問されたけど、流石に何が起きたのかわからないから答えられない。

ただ一つわかるのは、あの男性はオーク達に大ダメージを与えただけじゃなくて、しっかり仕留めているということ。

「ふっ……今の僕は無敵だ。この僕のユニークスキル、【臭気砲《パルファムキャノン》】は僕自身の香りを最大限まで高めることによって、相手の嗅覚《きゅうかく》を破壊する。

ここは町だから香水にしたが……ふっ。ダンジョンならばもっと威力が高い《香りが強烈な》ものを使うところだったよ」

………うん。これは関わらないようにしよう。

明らかにヤバそうだし、今の言葉を聞く感じダンジョンの中だともっと匂いがとんでもないことになるんだろ？

「す、凄いですね……あんな技見たことありません……」

「ああ。確かにすごい。だけど、俺はもう絶対に近づかないと思う」

「それは……そうですね」

「でも今回みたいにたくさんのモンスターを倒《たお》すのには良さそうですよね……」

というか匂いだけでモンスターを倒すって……

ユニークスキルって言ってたし、はじめの頃は俺と同じようなバカにされるようなスキルだっただろうにあそこまで強力になるものなのか。

まあ、今回はモンスターが嗅覚に優《すぐ》れていたオークだったのも匂いだけで倒せた要因の一つなんだろうな。

さすがに嗅覚に優れてない、というかトレントとかの嗅覚が無いようなモンスターには通用しないでしょ。

……通用しないよな？

まあ、オークが匂いで死んだのは多分だけど、モンスターは人より五感が優れていることが多いから、あの匂いでショック死とかしてるのかな？

バカみたいな理由だけどそれぐらいしか思いつかないんだけど、今のところそれが一番有力な説だと思う。

だって、それ以外で倒すってどうやって？　無理でしょ？

「おや？　また出てきたのかい？　【臭気砲《パルファムキャノン》】!!」

そして、何度も香水を頭から被りながら、ダンジョンから出てくるオークを倒し続ける男性。

もうあの人に任せて俺も多賀谷確保に行っちゃダメか？　と思ってしまったのは間違ってないと思う。

だけどもう援軍に来たパーティーが行ってるし、俺が今さら行ってもお前何しに来たの？　って言われて終わりだ。

そんなわけでひたすら匂いに殺られるオークを、ずっと鼻を摘まんでさっきまで戦ってた探索者達と見続けるのだった。

本当になんなんだろうね？　この時間……

あれから一時間。

さらに探索者の援軍が来たりもしたけど、今ではみんな一緒に鼻を摘まんでオークが匂いに殺られる光景を見る仲だったりする。

「凄いね～あの人～」

凛達《りんたち》四人とそんな会話をしながら、今も一人で無双《むそう》を続ける男性を見つめる。

あの人はいつまでポーズを取り続けるのだろうか？

サイドチェストをはじめ――

「はーい!!」

――サイドトライセップス。

「やー!!」

――フロントラットスプレッド。

「ふう……」

――バックラットスプレッド。

「……うん」

――アブドミナル＆サイ。

「ほいさっ!!」

――ヒンズースクワット。

と次々とポーズを決めて匂いを撒《ま》き散らしていく。

正直こんな状況《じょうきょう》だけど、見ていて飽《あ》きないし、端《はた》から見たら結構面白《おもしろ》い。

だけど、最初こそ鼻を摘まみながらも「キレてるよー！」といったお決まりの掛け声をあげてる人もいたんだけど、その本人も途中《とちゅう》で息を吸ってむせたように咳《せき》をしたら、途端に意識を飛ばしてしまった。

そこからは誰《だれ》も鼻から手を外すことなく見ている状態になってしまい、今は匂いが多少ましなところに移動して、やっと鼻を摘ままなくなった所だ。

「ねぇ、天宮さん、あれって大丈夫なの？」

「ん？　なにが？」

「いや……だって、もう私達結構慣れてきたけど、かなりきついと思うんだよ」

確かに。

凛の言う通り、はじめて見たらかなり衝撃的《しょうげきてき》な絵面だし、女性陣《じょせいじん》なんかはそろそろ限界に近い人もいるかもしれない。

そして、今男性は鼻を手で塞《ふさ》ぐようにして近づいてきたオークをそのナイスなバルクで締《し》め落として強制的に息を嗅がせて殺してる。

……うん、これはきつくても仕方ない気がする。

というか女性陣どころか俺もきつい。

というか、本当にあの男性は一体どれだけ匂いを振《ふ》りまくれば気が済むんだろう？

途中、【アイテムボックス】から香水を追加で取り出してたし、匂いが途切《とぎ》れることはなさそうだ。

「あ、また来た」

そして今現れたオークで43ｗａｖｅ目。

すでに三百体近くあのひとだけで倒しているのではないだろうか？

流石《さすが》にここまでくると疲れてくる頃だと思うけど……

「まだまだ……僕の香りは無くならないよ!!」

そう言いながら、またポージングを始める男性。

……うん。やっぱり凄いわこの人。

「凄いですね……」

「本当に凄いと思うよ。ずっと一人で戦ってる？　うん。戦ってるんだから。……だけどおかしいな？」

「どうしたの？」

俺が引っかかって呟《つぶや》いたのを聞いて不思議そうな顔して杏樹がこっちを見てくる。

「いや、ボス討伐と多賀谷の確保に行ったはずのパーティーが帰って来ないなって思ってさ」

そう。あれから一時間。

この巌窟のダンジョンの階層はボス部屋含めて五階層。

あのボス部屋に向かったパーティーがダンジョンに入ってから、しばらく出てくるオークの数が減ってたことと、出てくる数が元通りになったことを考えるとボス部屋にも到達《とうたつ》してるはず。

なのに、いまだに帰ってくる気配がないし魔物暴走も止まる気配がない。

「確かに……ちょっと遅いよね……」

「う～ん。それならまだいいんだけどさ……」

駄目《だめ》だ。考え出したらどんどん不安になって来る。

「よし‼」

俺は一度気が抜けた状態から、気を入れ直して立ち上がる。

「俺はちょっとボスのところに行ってくるよ」

「え⁉　危ないよ‼」

「うん。危険」

「そ、そうですよ!!」

「もう他の探索者さん達も行きましたし……」

「いや、なにかあっても遅いからな。それに、今ならあの人がいるからな」

そう、今もオーク相手に無双してる最終兵器がいるから今ならここは安全のはずだ。

「じゃあ、行ってくるわ！　もしダメだったらすぐ戻ってくるから安心してくれ!!」

「ちょっ、待ってください!!」

「すまん!!」

止めようとしてきてくれた凛に謝《あやま》りながら、走ってダンジョンに入って、ボス部屋に向かう。

尚《なお》その時は、あの激臭《げきしゅう》を吸わないために、鼻を摘まんでいたのは言うまでもない。

ボス部屋まで鼻を摘まんでオークは疾走《しっそう》の短剣《たんけん》で切り刻みながら走り抜けていくと、すぐに扉が見えてきた。

匂いは……うん。大丈夫そうだな。

そして、確認《かくにん》すると扉は開いている……

と言うよりベッコベコに壊されている。

「おいおい……マジか？」

ボスが倒されたのか？

でも、それにしては扉がベッコベコになってるのはおかしいし、ここに来るまで先にダンジョンの中に入った人達もいなかった。

「どういうことだ……？　まさか全滅したのか？」

そうだとしたらまずいことになる。

先に入っていったパーティーは、メンバー全員がCランクのモンスターを倒せるぐらいの力があった。

そのパーティーが全滅しているとしたらここのボス、または多賀谷の力が少なくともCランクオーバー……

「ここはいったん引くべき――うおっ!!」

そんなことを考えていたら、いきなり腕《うで》を触手《しょくしゅ》なようなものに掴《つか》まれてボス部屋の中に引きずり込まれた。

「くっ！　なんだこれ!!」

俺の腕を掴んだものを見ると、それはグロテスクな肉の塊《かたまり》のような触手だった。

「ッ!!」

それを確認した瞬間、すぐに疾走の短剣でそれを切断する。

「ふぅ……なんなんだよ……」

しかし、一体どこからこんなものが……?

警戒《けいかい》しながら周りを見てみると、そこには大量の血溜《だ》まりができていて、その中に倒れている人達がいた。

「嘘《うそ》だろ?」

これは……死んでいる。

しかもオークの血とかじゃなくて、人。

中には形を残していない肉塊《にっかい》になっている人もいて、残っている装備でその肉塊が人だとわかったぐらいだ。

かろうじて人の形を残している人もいるけど、見る限り全員が死んでる。

「マジかよ……!!」

そして、その先にそいつはいた。

そいつはハイオークのような面影《おもかげ》を残しているが、醜悪《しゅうあく》に変形していて、ハイオークの牙《きば》が長くなった頭。四本に増えているぶよぶよの腕。さらに巨体《きょたい》になった体を支えるために足も四本になっていて、俺を引きずり込んだ時に使ったと思う触手が何本も体から生えていた。

そして、その巨体に埋《う》もれるようにはめ込まれているのは……

「多賀谷なのか……？」

そう。多賀谷だ。

ただ、その姿は腕は埋め込まれていて、上半身だけしか見えてはいないが、黒く変色しており、目は赤く染まって光っている。

まったく見たことのないモンスターだけど、これだけはわかってしまう。

こいつは人でも普通のモンスターでもないことが。

「グゥ……ギャァァァアアア!!!」

俺を見つけたそいつは、雄叫《おたけ》びのような奇声《きせい》をあげて、さっき俺をこのボス部屋に引きずり込んだ触手を鞭《むち》のようにしならせて攻撃してきた。

「危ねっ!!」

咄嗟に避《よ》けることが出来たけど、避けきれなかったら確実に大ダメージだっただろう。

今の一撃《いちげき》で、このボス部屋の壁《かべ》の一部が粉々に砕《くだ》け散ったのを見てもそれはわかる。

「こいつはヤバいな……」

いくらなんでも強すぎるだろ……

【鑑定】してもレベル、名前、HPにMP、ステータス。何一つわからない。

「そして……」

扉に向かって逃《に》げようとしたら、さっきの触手を複数伸《の》ばしてきて、殴るようにして攻《こう》撃《げき》をしてくる。そして、それを避けると扉に直撃して扉をさらにへこませた。

あ～なるほどね。扉がベッコベコなのはそれが原因か。

「これは本格的にやばいな……」

このままだとどうしようもない。

俺に出来ることは、走って逃げるか戦うかのどちらか。

まあ、走って逃げたら触手が邪魔《じゃま》してくるから戦うしかないんだけどさ。

「……仕方ない。細かいことは戦いながら探《さぐ》るか……な!!」

まずはスピード。

さっきの触手はかなりの速度だったが、俺もそれを前提に動いていく。

まずは、触手を避けながらボス部屋の真ん中にいるそいつに接近してみる。すると、そいつも近づいてくるのが嫌《いや》なのか、触手を振《ふ》り回す速度が上がってきた。

「クッ……!!」

なんとか避けたり短剣で弾《はじ》いたりして近づく。

すると、今度は口から液体のようなものを吐《は》き出し、それが俺の体を掠《かす》める。

「ッ！　溶解液《ようかいえき》か‼」

掠めたところが、火傷《やけど》をしたようにヒリヒリするし、床《ゆか》が煙《けむり》を上げて溶《と》けてる。

あんなもん喰《く》らったらひとたまりもないだろう。

「なら‼」

俺は、走りながら疾走の短剣を投擲《とうてき》して、ボスの頭に突《つ》き刺《さ》す。

そして、止まった隙《すき》をついてそのままボスの横を走り抜《ぬ》けながら、疾走の短剣を回収する。

「これで終わりだろ」

疾走の短剣は、ボスの頭に突き刺さった。だいたいのモンスターはこれで終わるはずだ。

だが、普通ならここで終わるはずなのに、突き刺した傷が瞬《またた》く間《ま》に塞がっていき、逆に俺の腕に触手が巻き付いてきて捕まってしまった。

「なっ‼」

そして、ボスはそのまま俺を壁に叩《たた》きつけるようにして投げ飛ばした。

それを空中で回転して受け身を取り、すぐに体勢を立て直す。

「本当になんなんだあの化け物……」

だけど、スピードを確認するだけだったのに、異常な再生力に、溶解液、俺を投げたパワー。その三つも確認できた。

とりあえずわかったのは近接戦闘は絶対に駄目ってことだな。

遠距離《えんきより》で戦うとあの触手が厄介《やっかい》なのと、あの巨体なら俺のスピードにはついてこられないと思って近づいたんだけどちょっとこれは見通しが甘《あま》かったな。

近接ダメ絶対。

だけどそうとわかったら……

「遠距離から攻《せ》めるだけだ‼」

疾走の短剣を鞘《さや》にしまい、【アイテムボックス】から龍樹の弓を取り出して【魔法矢《マナ・ボルト》】で作った矢を射ち出す。

射ち出した矢は、真《ま》っ直《す》ぐに飛んでいって着弾《ちゃくだん》してそのたっぷりとついた肉を抉《えぐ》り取る。

だけど、それでもまだ動き続けるそいつは、さすがに鬱陶《うっとう》しいのか腕を振り回したり、触手を伸ばしてきたりと、めちゃくちゃな攻撃を仕掛《しか》けてくる。

「そんな攻撃当たるわけないけどな」

俺は余裕《よゆう》を持ってそれを避けて、また矢を放つ。

そして、同じように肉を抉り取るけど、最初に抉った部分がもう再生してる。

「これは骨が折れそうだな……」

とりあえずこのまま戦えば負けることはなさそうだけど、勝てもしなそうだ。

まあ……

「これを使わなかったらの話だけどな。貫《つらぬ》け！【魔光矢《ディバインボルト》】!!!」

次の瞬間、【魔法矢《マナ・ボルト》】とは比べ物にならない大きさの矢が放たれ、ボスの巨体を貫き、ボスを貫通《かんつう》して衝撃波《しょうげきは》でその巨体をバラバラに吹《ふ》き飛ばす。

……多賀谷の確保はできなかったけど……そこは許してほしいな。

だけどまだ戦いは終わらせてくれないらしい。

「……へ？」

さっき吹き飛ばしたはずのボスの体が徐々《じょじょ》に集まっていき、一つの塊となって再生していく。

「嘘……だろ……？」

しかもそれだけじゃなく、今度は触手の数が増えていて、肉の量もどこか増えてるような気がする。

「マジかよ……」

【魔光矢《デイバインボルト》】でも倒しきれない？

そして、俺が思考を巡《めぐ》らせているのを察したかのように触手を複数同時に鞭のようにしならせて攻撃してきた。

その攻撃はさっきよりもスピードが速く、避けるのもギリギリになってしまう。

「クソッ!!」

必死に避けながら考える。

「こいつはどうすれば倒せるんだよ……!!」

だが、この状況を打破するような考えはすぐには思いつくことはできず、ただひたすらに攻撃を避けながら打開策を考えることしかできなかった。

さて、考えろ。

どうしたらあいつを殺れる。

さっきの攻撃は当たらなかったからいいが、次からは当てるために触手の攻撃を掻《か》い潜《くぐ》らないといけない。

だからといって、あの触手の数を掻い潜りながら攻撃を当てるのは至難の技だ。

今は遠距離から龍樹の弓での戦闘だから避けられてるけど、近距離《きんきょり》になったら間違いなく捕まる。

だけど、遠距離でも俺の最高威力《いりょく》の【魔光矢《ディバインボルト》】でも仕留めきれなかったんだ。

一体どんな殺し方をすれば死ぬというのだろうか。

考えろ。考えろ考えろ考えろ考えろ考え……


フッ。ヤバい、こんな状況だっていうのに……ああ……そうだ。今、俺は未知を探索している。

今まで、俺は弱かった。そして、強くなった今でも、未知の相手と戦うことはなかった。

それに、戦闘スタイルの確立した今も、ダンジョンのモンスターやボスの攻略法《こうりゃくほう》を調べてから入る。そんな探索者生活だった。

だが、今回は違《ちが》う。

このボスは強い。強敵だ。未知の塊だ。

それこそ自分で死ぬ気で攻略法を考えなければそのうち殺されるほどに。

そんな相手に俺は挑《いど》んでいる。

ああ。初心にかえろう。

はじめの頃のように自分がどうやって安全に、効率的に倒せるか考えて考え抜く。それと同じだ。

トライアンドエラー？　上等。

「さあ、やろうか。ボス」

俺はできるだけこちらからは攻撃しないようにして、攻撃を避けながらボスの動きを観察する。

どうもあいつは再生するとパワーアップするみたいだし、まずはそれは気をつける。

だけど、俺の最高威力の【魔光矢《デイバインボルト》】一撃でも死ななかった。

そうなると、どこまで再生するかなんだけど……これはそこまででもないはずだ。

さっき吹き飛ばした肉片《にくへん》には吸収されてない大きさのものが残っていたから、そこまで小さくできれば少なくとも吹き飛ばしたあとにまた合体なんてこともないはず。

そうとなると……問題はあの触手だよな。

あれは厄介すぎる。

スピードも速いし、パワーもある。それにあの触手は俺を捕まえることもできるようだから、触手に近づかれたらアウトだ。

それに、触手のパワーを考えたら四本の腕のパワーは想像できる。だけどもし、他にもあったとしたら？　それに、溶解液みたいなものを使ってくる可能性もある。

そうとなるとやっぱり遠距離《えんきより》戦闘《せんとう》しかないな。

そんなことを考えていると、避け続けている俺に痺《しび》れを切らしたのか、突然《とつぜん》四本の腕を地面に叩きつけた。

「グォ……オ!!」

そして、そのまま割った破片《はへん》を触手で掴み、こちらに投げつけてきた。

「……」

冷静に見極《みきわ》め、これまでの。最初の頃の経験を呼び起こして避ける。避ける。避け続ける。

避けきれないものは疾走の短剣で斬《き》り落とす。とにかく避けながらあいつの行動を観察を続ける。

そして、同時に考え続ける。

さっきまでの攻撃、それに加えて今の行動。

これだけ見たら、遠近どちらも対応可能って感じだけど、実際はそうじゃない。

確かに、触手は厄介だけど、それはあくまで物理攻撃だけだ。

少なくとも俺の【魔法矢《マナ・ボルト》】による攻撃はどれも対応ができてはいなかった。

そして、今もこうして避け続けていられるから確実に遠距離の勝負は俺の方が上手だ。

これまでのことをまとめると、俺にできるのは――

「【魔光矢《ディバインボルト》】!!!」

――これしかないよな？

さっきと同じように巨大《きょだい》な矢を放って、あの巨体を貫き衝撃波でバラバラにする。そして、吹き飛んだ肉片が集まろうと動き出す。

だけどそれはさっきので学習済みだ！

「【複数捕捉《マルチロックオン》】！　【魔法矢《マナ・ボルト》】!!!」

飛び散った肉片の全てに【複数捕捉《マルチロックオン》】を使って、【魔法矢《マナ・ボルト》】で作った矢を八本ずつぶん投げる。

疾走の短剣で粉々にしてもよかったけど、その間に近くにあった肉片が合体して再生されると面倒《めんどう》なので、これで終わらせることにした。

そんなわけで、弓でも手数が足りないので魔法矢《マナ・ボルト》を両手に持って、合計八本の魔法矢《マナ・ボルト》を同時に放ち、肉片を全てさらに細かく砕く。

そして、肉片をさらに砕いて、再生しないことを確認したあと、同じようにまた別の肉片に八本同時に投げつける。

「オラオラオラオラオラオラオラッ!!!」

投げて投げて投げて投げて投げる。

ＭＰのあるかぎり肉片に向かって矢を作っては投擲していく。

次々と飛んでいく【魔法矢《マナ・ボルト》】はまるで流星群のように透明《とうめい》な矢で空間を埋め尽《つ》くし、その全てがボスの肉片に突き刺さっていく。

ボスがどれだけ再生しようとしても、再生する前にその数だけ矢が体を貫いていく。

その光景はまさに圧巻の一言だった。

そして、気づいた時には、いつの間にかボスの体は多賀谷もろとも原型をとどめていないほどに粉々になっていた。

だけど、それでも終わりではないらしい。

俺が【魔法矢《マナ・ボルト》】を投げる前の肉塊が徐々に小さな塊になって再生して、俺に飛んできた。

触手も口も腕も足もない。本当に最後の足掻《あが》きだろう。

「でも悪いな。俺の勝ちだ」

飛んできた肉塊を疾走の短剣で切り分け、再び【複数捕捉《マルチロックオン》】を発動させて今度は全ての肉片に【魔法矢《マナ・ボルト》】を投げつける。

「トドメだ」

そして、俺は切り札の特大【魔法矢《マナ・ボルト》】を全力で最後に残った巨大肉片に投げつける。必中効果のある【魔法矢《マナ・ボルト》】から逃げられるわけもない。

もうボスには反撃《はんげき》の手段もなく、ただひたすらに一方的に攻撃するだけだ。

そして、ついに再生もせず、動かなくなったボスを見つめながら俺はその場に佇《たたず》み続けるのだった。

「あいつはモンスターでもない別の生物になっていたってことか」

そう考えるのが一番自然かな。

ついでに言うと、多賀谷も合体？　吸収？　のようなものもされてたけど人ではない。絶対に。

「そうなってくると多賀谷から話を聞き出せなかったのが痛いな。でも、ああでもしなかったら俺が死んでたかもだし……」

まず間違《まちが》いなく、今回の魔物暴走とボスの変異は多賀谷が原因だ。

突然《とつぜん》誰《だれ》もいないようなところに怒鳴《どな》りつけていたような気がしたけど、多分間違いないだろう。

あとはあの【憤怒《ふんぬ》】と叫《さけ》んでいたスキル。あれも気になるところだ。

くっそ……本当に多賀谷を確保できなかったのが痛すぎる。

「とにかく、今は討伐《とうばつ》の証拠《しょうこ》は手に入れたんだ。俺が考えても答えは出ないだろうし協会にでも調べてもらうのが一番だろ」

だけどこの全滅《ぜんめつ》したパーティーの人達《たち》の死体は持って帰れないな。俺が地上に帰って報告して戻る頃には死体はダンジョンに吸収されて、装備とかだけになっているはず。

その辺は【アイテムボックス】の不便なところだよな。

こういう時には、人の死体なんかも回収できるようにしてほしい。

だけどそのお陰《かげ》で、人を殺したあとに【アイテムボックス】に死体を入れて、行方《ゆくえ》不明にするなんてことになってないんだから世の中うまくいかないよな、ほんと。

とりあえず黒い袋《ふくろ》もそんなにないし、一緒《いっしょ》に入れるわけにもいかないから、連れて帰れなくてごめんと供養《くよう》の意味も込めて合掌《がっしょう》して、そのボス部屋を後にするのだった。

第11章　魔物暴走鎮圧

ダンジョンから出て地上に戻《もど》ると、魔物暴走も終わったらしく、既《すで》にダンジョンの入り口は封鎖《ふうさ》されていた。

普通《ふつう》だったら、これから協会や企業《きぎょう》なんかの研究チームが来て魔物暴走がダンジョンに与《あた》えた影響《えいきょう》なんかを調べるんだろうけど、俺はそんなことをしてる場合じゃない。

とりあえず協会の人に【アイテムボックス】に入ってる肉片や牙、多賀谷の一部を渡《わた》してこなきゃ。

「さてと、それじゃあ話を聞かせてもらおうか？」

協会の人を絶叫《ぜっきょう》させてきた後、移動してきた俺の前には縄でぐるぐる巻きにされて捕まえられている多賀谷に協力した探索《たんさく》者の二人がいる。

縄で捕まえたのは今も二人に話しかけている協会の男性。近くにはもう一人協会から来た女性がいる。

この縄は【魔道具《まどうぐ》作成】で作られた特別製の縄で、めちゃくちゃ頑丈《がんじょう》に作られてるらしい。

見た目やスキルを使える探索者のことを考えて鎖《くさり》や手錠《てじょう》ではないらしいけど、縄でぐるぐる巻きって……まあいいけど。

「言っておくが、嘘は通用しないからな？　お前達が多賀谷に協力していたことは既にわかっている」

「こちらも既に多賀谷の協力者が探索者協会のデータベースの情報を書き換《か》えていたことは掴んでいる。今更誤魔化《いまさらごまか》すことはできないぞ？」

協会から派遣《はけん》されてきた二人は、胸に赤色の蛇《へび》を剣《けん》で貫いたようなバッジをつけている。

あのバッジには見覚えがないけど、嘘は通用しないと言ってるからには名前は忘れたけど嘘を見破るスキルを取っているのか？

「「……」」

「だんまりか……じゃあ兄ちゃん、悪いな。先に兄ちゃんに話を聞かせてもらうぜ？」

二人の返事が返って来ないことに、男性はため息をつくと俺《おれ》の方を向いてそう言った。

俺は黙《だま》ってうなずく。

正直、俺も聞きたいことは山ほどあるけどとりあえず事実確認をしてもらうのが優先だ。

それから、男性に促《うなが》されるまま俺は多賀谷の協力者達について知っていることを話し始める。

当事者の俺はここにいるけど、凜達三人は学生なのと俺の事情に巻き込《こ》まれたこと、疲《つか》れてるだろうということでまた後日話を聞くらしくここにはいない。

……俺も後日じゃダメだったのかな？

とりあえずボス部屋での経緯《けいい》は改めて説明し直したし、嘘もついてなかったからすぐに信用された。

既にあの二人が多賀谷に協力し、裏切っていたことがバレていたのもあって、この場にいる全員が俺の話を信じてくれたのも大きい。

そして、俺が話し終わると同時に、男性が口を開く。

「……なるほどな。それで、ボスが変異していた理由はわかったのか？」

「いえ……なにも。多賀谷も【憤怒】というスキルらしきものを使ってましたけど、あれがなんなのかすらわかりません」

「【憤怒】……。【憤怒】か。そんなスキルあったか？　聞いたことないけど」

「私も知りませんね。ですが話によるとそのスキルを使う前に、なにか叫んでいたそうですね？」

「はい。確か……全部くれてやるから寄越《よこ》せよ……だったかな？」

俺の言葉に、全員が黙り込んでその場で考《かん》え込《が》む。

まあ、俺なんかよりよっぽど長くダンジョンに関わっている協会の人達が知らないんだ。俺がわかるわけもない。

そんなわけで俺の話は終わりだ。

俺にできることはもうないだろうし、思ったより早く終わったな。

後はあの二人がどうなったかを聞けばいいかな。

「あの……それであいつらはどうなりますかね？」

「んー……そうだな。とりあえずは拘束《こうそく》したままだが、おそらくもうすぐ警察が来ると思う。そしたら引き渡しだ」

「そっか。ならよかった」

これであいつらが捕まったら、これまでの余罪も出てくるだろう。

あの様子を見たらあんなことをしたのは俺にだけではないだろうしな。

もしかして結愛が言っていた死亡率が高いというのも関係が……いや、考えるのは俺ではない。

あの人達が聞いていけばすぐわかるだろ。

そして、協会から来た人達とはここでお別れ。協会の職員も忙《いそが》しいんだろうな。

俺の話を聞き終わったらあわただしく動き出したし。

さてと、俺は後で凛達にも話を聞かなきゃだし、巻き込んでしまったことの謝罪もしなきゃないけない。

まあ、とりあえず今日はゆっくり休もうかな。

そんなことを考えながら俺は家に帰るのだった。

第12章　エピローグ

「はぁ……」

　昨日は散々な目にあったな……

　とりあえず、今日はこうして協会の支部に来て凛達《りんたち》の事情聴取《ちょうしゅ》に付き合っている。

　一応待ち時間は応接室らしき場所で待たされてるけど、やっぱり暇《ひま》だよな。

　だって何もすることないし。

　一応俺が指導をしている時に事件に巻き込まれた、というか巻き込んでしまったから付き合わなきゃだし。

　それにしても、まさか多賀谷の協力者が凛達の指導を頼《たの》み込んできたあの受付だとは思わなかったな。

　話を聞くと、あの受付は協会のデータベースが魔道具で確認されてることを利用して、情報を書き換えたらしい。

　監視《かんし》に使われている魔道具にはデータベースとカメラとを繋《つな》ぐ魔力《まりょく》のラインがあって、

それを巌窟《がんくつ》のダンジョンに繋がっているラインだけ少しの間切断して実行したらしいんだけど……いかれてるね。

しかも本当に少しの間の、巌窟のダンジョンを見張ってた多賀谷から連絡《れんらく》を受けた一分でそれをやったっていうんだから。

いくら誰《だれ》も入らなかったタイミングとは言え一分は無理があるんじゃないか？　とも思ったけど、実際にできたみたいだし。すごいよなぁ。実際に多賀谷は入ってこられてたし。

「だけどなんでそれを世の中のために活《い》かせないかなぁ……」

それだけの技量があるならこれからいくらでも上に上っていけただろうに。

せっかくの才能も、使い方次第《しだい》じゃ宝の持ち腐《ぐさ》れだな。

ダンジョン協会も今回の件で会見をするらしいし、ダンジョン協会はしばらく大混乱だろうな。

協会の会長はダンジョンが生まれてから十五年探索者をしたあとに会長に就任した傑物《けつぶつ》だ。滅多《めった》にそんな人が出てくるわけでもないし、会長も辞《や》めることはないだろう。

その代わりこれからめちゃくちゃ忙しくなるだろうから、そこは多賀谷とか受付の手綱《たづな》を握《にぎ》れてなかった罰《ばつ》とでも思って頑張《がんば》ってもらおう。

そんなことを思いながらボーッとしていたら、扉《とびら》がノックされた。

「うん？　どうぞー」

凛達か協会の人かなと思って、俺は返事をする。

入ってきたのは凛達でもなく、協会のバッジを着けていないことを考えると協会の人でもない、一人の女性。

その女性は髪《かみ》が腰《こし》まで伸びていて、とても綺麗《きれい》な水色のような髪色をしていた。顔立ちは整っていて、どこか大人っぽい雰囲気《ふんいき》もある。

年は俺より年上かな。

「え～っと……どなたでしょうか？」

「……」

女性は、しばらく俺を見つめて黙っていたが、突然扉《とつぜんとびら》に向き直って部屋を出ていった。

昨日のこともあるし、なにがあってもすぐに対応できるようにしておく。

……え？

「な、なんだったんだ今の人は……？」

俺がそう呟《つぶや》いた瞬間《しゅんかん》、またもや部屋のドアが開く。

今度は見知った顔だった。

「あー疲れたよ～!!」

「り、凛《りん》ちゃんノックしてから入ろうよぉ……」

「もう遅《おそ》い」

「そうだね～……」

さっきの女性と同じように、扉が開いて凛達が入ってきた。

「お疲れ様《さま》。もういいのか？」

「うん！　もう終わりだよ!!」

「そっか。ならよかったよ。それじゃあ行こっか」

三人と結愛に終わったことを確認して俺もソファーから立ち上がる。

「うん！　……って」

「どこに？」

凛と杏樹《あんじゅ》が首を傾《かし》げて聞いてくる。

あ、言ってなかったっけ？　まあ今言えばいいか。

「ハイオークを倒《たお》したお祝いだよお祝い。俺が奢《おご》ってあげるからどこか食べに行こうぜ」

「おお！　行く！　行きたい！　どこに行くんですか!!」

「わ、私もいいんですか？」

「私も？」

「えっと……わたしもですか？　わたしはハイオーク倒してませんけど？」

凛、莉奈《りな》、杏樹の順番で三人は俺に確認《かくにん》してきて、結愛は遠慮《えんりょ》がちに確認を取ってくる。

「もちろん。三人には特に迷惑《めいわく》かけちゃったし、結愛には助けてもらっちゃったからな」

今回の騒動《そうどう》は完全に巻き込んだ形になったし、お祝いと言ってもお詫《わ》びの意味も込めてだけど。

「どこか食べたいところはあるか？　どこでも好きなところで良いぞ」

俺の言葉を聞くと四人が集まって相談しだす。

そして凛達に提案されたのは……

「焼肉ね～……四人とも本当に焼肉でよかったのか？」

ダンジョン協会の支部から移動して今いるのは駅前にある焼肉屋。さらにその焼肉屋の個室。

しっかりと支部で凛達の指導の報酬《ほうしゅう》はもらったしお金は問題なし。

というかあの多賀谷に協力した受付の男。俺が凛達の指導をしているのを協会に報告してなかったらしくて、俺が指導している間の給料がなくなるところだった。

牢屋《ろうや》の中に入っても迷惑をかけてくるって……なんつう執念《しゅうねん》だ。

「もちろんですよ！　お肉は正義です‼」

「うん。むしろありがと」

「わ、私もありがとうございます……」

「そうですよ楓《かえで》さん！　お肉は正義です‼」

「そっか。でも今時の女の子ならもっとおしゃれなお店に行きたがるもんじゃないのか？」

　前にテレビで見た気がするけど、最近の若い子達は焼肉なんかよりもオシャレなカフェだとかスイーツを食べたりしたいらしいけど、この三人はそういったものとは無縁《むえん》らしい。

「うーん……確かにそういうのも良いですけど、あたしはこういうのが好きですね‼」

「私も」

「わ、私もあんなおしゃれそうなところはとてもじゃないけどきついですぅ……」

「いやーわたしは完全に凛ちゃん達のおまけなので‼」

　……おじさん（十九歳《さい》）最近の若い子の考えってよくわからない。

「……ここ」

「あー！　杏樹！　あたしの育てたお肉‼」

「ふふふふ。私の【解析《かいせき》】はこれが最高の状態のお肉ってことを教えてくれてる」

「もう！　だったらあたしも、【神速】‼」

「……⁉　お肉が消えた……‼」

「ほへぇ～。すごいねぇ二人とも。あ、お肉が焼けたよ」

「も～。焼くだけじゃなくて莉奈ちゃんはもっと食べな？　ほら、このお肉なんかいい感じに焼けてるよ？」

「だ、大丈夫《だいじょうぶ》です。あたしこれでも普段《ふだん》はいっぱい食べてますから」

「そんなこと言わずにたくさんお食べよ～？　はい、あ～ん」

「……こ、これは！　……はむ‼」

なるほど……。これが今流行《はや》りの肉食系女子か。

早速《さっそく》注文した肉が届いた途端《とたん》にこれだ。

まさに戦場と言っても過言ではない。

「いや莉奈の言う通りだぞ、本当に。肉はいくらでも焼いてやるからもう少し落ち着いてくれ」

実際肉は現在進行形で俺と莉奈と結愛が焼いてるし、注文すればいくらでも店員さんが持って来てくれる。

というか普通に流してたけど肉争奪戦《そうだつせん》にスキルを使うんじゃないよ。それもユニークスキルを。

「ほら、焼けたから食え」

とりあえず焼けたものから順に凛と杏樹の前に持っていく。

二人は同時に口の中に放《ほう》り込むと、幸せそうに咀嚼し始めた。

「おいひぃ～!!」

「ん。美味《おい》しい」

「美味しいか。それは良かったよ」

二人の様子を見ながら俺は自分の分を焼いていく。

俺もそれなりに食べる方だと思うんだけど、女の子って結構な量を食べるんだなぁ。

「ほら、結愛も言ってたけど莉奈も焼いてばかりじゃなくてちゃんと食べるんだぞ?」

さっきから莉奈は焼いてばかりでまったく箸《はし》をつけていない。

莉奈が食べたのは俺が見た限りだと、結愛に口に放り込まれた時ぐらいだ。

そんなわけで俺が育て上げた肉をトングで莉奈の皿。ついでに結愛の皿に乗せる。

それと同時にこちらをキラキラした目で見てくる凛と杏樹の二人にも。

「あ、ありがとうございます」

「いやー楓さんありがとうございます。ん～。美味しい～」

するとようやく莉奈が箸を手に取り、肉を口に運んだ。

ついでに言うなら結愛も凛も杏樹もバクバク皿に盛られた肉を平らげている。

「それにしてもみんなよく食うな～……」

「ん～お肉が美味しいのもありますけど、あたしは探索者になったら食べる量が増えましたしね。あとは成長期！　あたし達は花の女子高生なんですから!!」

「私も」

「わ、私も探索者になって動くようになってからですね」

よく食べるってところに花の女子高生って関係あるのか？

「そうだよな。三人とも高校生なんだもんな。

そうだとしたら明日三人とも大変なんじゃないか？　魔物暴走《スタンピート》なんて滅多に巻き込まれないし」

俺の記憶《きおく》が正しかったら年に十回あるかないかぐらいだったはず。

今回の魔物暴走は異常事態《イレギユラー》っていうのもあるけど、そもそもが魔物暴走の起こるダンジョンの母数が多いからな。その分魔物暴走が起こる回数は多い。

そのおかげ？　せい？　もあってか世間から見たら近くで起こったら怖《こわ》いけど結構起きてる。だけど珍《めずら》しいっていう認識《にんしき》だ。

そんなもの凛達と同じ高校生からしたら話を聞きたいという子達でいっぱいだろう。

「む～そうなっても話せないことの方が多いですからね」

凛が頬《ほ》っぺたにご飯粒《はんつぶ》をつけて少し不満げに話す。

まあ、確かに今回のことで話せることは少ない。

今回は異常事態。それも人の手で引き起こされたいわば人災だ。

そのせいもあって、今回の魔物暴走に関わった探索者には箝口令《かんこうれい》が敷《し》かれている。

実際に事を引き起こした原因とボスを知ってる俺と三人はめちゃくちゃ言われたからな。

だけど、俺は学校にも行っていないし、基本はソロだからその辺りを誤魔化《ごまか》す必要もない。というか話す相手もいないしな。

だけど三人はそうもいかない。

「う～誤魔化せるような話を考えとかなきゃ……」

「……大変」

「そ、そうですよね。でも仕方ないことですし、頑張ります」

三人は高校生。昨日、近くで起こった魔物暴走に今日休んでる探索者のクラスメイト。

これだけでも凛達と同じ高校生が魔物暴走に関わっていたということを連想するには十分だろ。

そして、今回の魔物暴走について本当のことを話すわけにはいかないから、三人は頑張って誤魔化しを考えるしかないだろう。

それも出来る限りの普通な感じに。

「ま、頑張れよ。最近探索者になる高校生が増えてるから聞いてくる子は多いだろうけどな」

「そうだよ～。頑張りな～」

まあ、俺と結愛はもう学校は卒業してるからこんな月並みな言葉しか言えないけど。

「そうですよね～うちの学校でも探索者になりたい人向けに今年から説明会を開くらしいですし……」

へー……そういうのもやるようになったのか。

まあ、考えてみればそうだよな。

探索者をしているなら先生としては心配な部分もあるんだろう。

それに、高校三年生にもなると受験シーズンに突入《とつにゅう》するし早めに決めてほしいんだろうな。

正直俺の学校にもそういうものが欲《ほ》しかったぐらいだ。

「ま、あたしはもう卒業したあとも探索者を続けるって決めてますし、なんの問題も無いですね!!」

「私も」

「わ、私もです」

おおう……なんかこんなところで決意表明を聞くとは思わなかった。

いや、高校を卒業したあとすぐに探索者として本格的に活動し始めた俺が言えたことじゃないんだけどね。

「そうですよ楓さん！　凛ちゃん達はこれからもわたしとパーティーでダンジョンに潜《もぐ》ってくんですから!!」

「ん？　ああ、そうだったな。みんなでパーティー組むんだって話になったんだっけ？」

なんでも魔物暴走《スタンピート》の時に一緒に戦って気が合ったから、これからも一緒にパーティーを組むことになったらしい。

「そうなんですよ！　結愛さんのことは信用できるし、わたし達にはいなかった遠距離《えんきより》で攻撃《こうげき》できる人ですから!!」

「ま、まあ。結愛さんがＰｏｕＴｕｂｅｒのリーシェさんだったことには驚《おどろ》きましたけど……」

「ん。私達もＰｏｕＴｕｂｅｒデビュー。ガーくんもよく見たらかわいいし」

「へ～。結愛もちゃんと三人に教えたんだな」

正直結愛はＰｏｕＴｕｂｅｒとしてやってるから凛達と戦うのはあのたまたま出会った時だけだと思ってた。

「もちろんですよ。なんなら三人ともアストラルに所属することも決まったんですから‼」

「いや、早いなおい」

俺が知らないところでいつの間にそんなことに……。ユニークスキルのこともあるし、俺が昔教えてた探索者で信頼《しんらい》できそうな企業に所属している人材を探してたけど……。

まあ、自分達で信頼できる相手を見つけられたなら良いか。結愛だけしかアストラルについて知らないけど結愛なら信頼できるし。

「そっか。それじゃあ難しい話はここまでにして、せっかくの焼肉なんだから楽しまないとな。ほら、まだまだ肉はあるぞ？」

そんな俺の声と同時にまた肉を焼き、食べ出す四人。

俺も負けじと焼いて食べる。

途中《とちゅう》から大食い大会みたいなことになってしまったけど、こういうのもありかもな。

そして、そんな大食い大会染《じ》みたものを食べ放題でもないのにやってしまって、俺が支《し》払《はら》う会計の金額がとんでもないことになっていたりするのだった。

＊＊＊

「さてと……ステータス」

天宮楓
レベル６３５
ＨＰ：６３７０／６３７０　ＭＰ：４１９５／４１９５
攻撃力《こうげきりょく》：７０７（＋52）
防御力《ぼうぎょりょく》：６５７（＋12）
俊敏《しゅんびん》：１９７２（＋１３２２）
器用：８１２（＋１５２）
精神力：２１２７（＋１４８７）

幸　運：50
ＢＰ：１５０
ＳＰ：１６５
スキル：【魔法矢《マナ・ボルト》Lv.20】【弓術《きゆうじゆつ》Lv.10】【鷹の目《たかめ》Lv.10】【アイテムボックスLv.7】【捕捉《ロツクオン》Lv.10】【鑑定《かんてい》Lv.5】【ＭＰ増加Lv.10】【ＭＰ回復速度上昇《じようしよう》Lv.10】【短剣術《たんけん》Lv.7】【索敵《さくてき》Lv.9】【隠密《おんみつ》Lv.5】

ステータスを開いてレベルを確認する。

……結構レベルが上がってきたな。この調子ならもうちょっとレベルを上げればランクの高いダンジョンに潜るためのシルバー試験も受けられるようになる。シルバー資格を取ったら潜れるダンジョンも増えるしもっと強くなれる。

……それにしてもまさかこんな速度でここまで強くなれるなんてな。国がユニークスキル持ちを優遇《ゆうぐう》するのもわかるなこれは。

「ま、なにはともあれまずはレベル上げだな……うっし頑張ろう」

とにかく今はレベル上げ優先。

頑張ろう！

＊＊＊

一方その頃《ころ》。

とある部屋で円卓《えんたく》を囲むように七つの椅子《いす》が並んでいた。

そこには二つの人影《ひとかげ》があり、一つには男の姿があり、一つには女の姿がある。

「あん？」

「あら？　どうしたの？　[redacted]？」

「端末《たんまつ》との接続が切れやがった。クソが!!

……まあいい。またすぐに見つかるだろ」

「あら羨《うらや》ましいわね。あなたは端末が見つけやすいなんて。私なんてまったく見つからないのに」

「ふん！　てめえも他の奴《やつ》らに比べたら端末は見つけやすい方だろ。

……それにしても……なにもんだあいつは……」

「？　なにが？」

「いや、端末をぶっ殺したやつなんだが……いや、いい。思い出すのも腹立たしい……！」

円卓を囲む二つの影《かげ》。

そのうちの一つ男の影が円卓に握り拳《こぶし》を叩《たた》きつける。

「ふぅ……まあ、良い。端末になったらおもしろそうな人間も見つけたからな。収穫《しゅうかく》がないって訳でもない」

「あら本当に？」

「ああ。ただ、てめえも俺も端末には出来なさそうだがな！」

「ふ〜ん。私はともかくあなたもなの？」

「ああ、俺もてめえも……端末には出来そうにねぇよ」

そう言うと、女の影は口元をにやけさせた。

その様子を見て男は面白《おもしろ》くなさそうに舌打ちをする。

「そう……私もあなたもね」

「ああ。俺もてめえもだ」

女はそう言うと、目の前の男に笑いかける。

男はそんな女の笑《え》みを鼻で笑うと、そのまま勢いよく扉を開けて出ていった。

「まったく、本当に妬《ねた》ましいわね。あ～あ。私も早く自分の端末がほしいわね」

そういうと、女も部屋から出ていく。

その後、部屋には誰もいなくなった。

＊＊＊

カラフルな色のガラスで作られたステンドグラス。

それは太陽の光を浴びて鮮《あざ》やかに輝《かがや》いている。

その光に照らされて、色《いろ》鮮やかな衣装《いしょう》を身にまとった神父のような男が静かに立っていた。

ステンドグラスから煌《きら》びやかに差し込む光は神父を照らし、神父は祭壇《さいだん》に置かれた聖書の朗読を始める。

静謐《せいひつ》な空間には、神父の声だけが響《ひび》きわたり、聞く者全ての心を掴《つか》む。

まるで魔法のように。

「皆《みな》さん……今信託《しんたく》は下りました。我々がすべき事は……今こそ立ち上がる事です」

そう言うと、神父は聖書を読み上げるのを辞め、集まっているもの達に優《やさ》しく語り掛《か》ける。

「この世界は変わってしまいました。ダンジョン。あんなものが出来てしまってからわたし達の家族、友人、親友、恋人《こいびと》、……ありとあらゆる命が危険に晒《さら》され、誰もが恐怖《きょうふ》と隣《とな》り合わせの生活を送っています」

神父が語る言葉にその場にいた人々は聞き入る。

神父はその様子を確認すると、より一層優しく語りかける。

「皆さん……我々人間は変わりました。我々が生まれる前までは幸せに満ちていたのに……今ではこのような世界になってしまいました」

神父は一拍《ぱく》あけて、群衆を見回すと言葉を続けた。

「しかし！　今こそ！　我々は立ち上がらねばなりません！

神はこう言っております」

群衆はその言葉に唾《つば》を飲む。

「神は我々に『試練』をお与えになったのです。これは我々にそれを乗り越《こ》えよ、という試練です」

　群衆は息をのむ。

「乗り越えるしか道はないのです!!　その為《ため》には我々は団結し、この試練を乗り越えましょう！」

　神父の演説に、群衆はみな熱狂《ねっきょう》する。その様子を見て、神父は嬉《うれ》しそうに微笑《ほほえ》んだ。

「我々『迷宮教会《めいきゅう》』は立ち上がります！　我々は天界からの導きを待っている迷える子羊を導いていくのです」

「「「おお！」」」

「我々の事を神はまだ見捨ててはいません！　ええ……皆さん!!」

　神父はその場にいる人々を見回すと最後にこう叫《さけ》ぶ。

「探しましょう！　我らが神が遣《つか》わしてくださった救世主を！」

「運命の少女を！」

あとがき

皆様、はじめまして。本作「必中のダンジョン探索1 ～必中なので安全圏からペチペチ矢を射ってレベルアップ～」の著者・スクイッドと申します。

このたびは拙作を手にとっていただき、誠にありがとうございます。

この作品は「小説家になろう」「カクヨム」の両サイトに投稿していたところ、ホビージャパン様の「第4回HJ小説大賞前期『小説家になろう』部門」にて運よく受賞させていただき、こうして書籍化される運びとなりました。

WEBに作品を投稿しはじめてから二年ほど経ちますが、こんなに早く書籍化という夢が叶えられるとは、本当に思ってもいませんでした。ちなみに、私が「小説家になろう」に出会ったのは高校一年生の時……具体的には、スマホを親に買ってもらってから少し経った頃でした。その時までに出会っていた作品とは全く違ったファンタジー小説やエンタメ作品が多数あり、みるみるうちにのめり込み、気づくとすっかり「なろう小説」ファンになっていました。

……ですが、その頃はまさか自分で作品を書くことになるなんて想像もしていなかったですし、ましてやコンテストで受賞できるなんて、夢にも考えていませんでした。

けれどその後、専門学校入学を機に、一念発起して執筆に挑戦した結果、今があります。WEB版の執筆中は、多くの読者様の感想に励まされましたし、アドバイスその他いろいろと助けていただいて、ついにこうして書籍化の夢を叶えることができました。

そういう経緯もあって受賞の連絡をいただいた時の喜びはとても大きかったですし、今思い返しても本当に嬉しく幸せな瞬間でした。

……とはいえ、そのうち苦労も始まったりしますが（まあ、苦労といってもそこまで深刻でもないのですが）

具体的には本作を出すまでに、いわゆる「著者校正」と呼ばれる作業があったのですが、校閲者様のご指摘がいちいち腑に落ちるものばかりで、大変身になるとともに、自分の拙さもあって対応に追われてしまい……。とにもかくにも、読者様にお届けする作品を書くにあたって、己の未熟さを改めて痛感いたしました。ですが苦労があった分、自分一人では気づけなかった改善点などを知ることができたわけで、作家としても大きく成長できたと思います。

さて、ここらで関係者の皆様にこの場を借りて感謝と共にお礼を申し上げたいと思います。まずは担当編集者様。受賞してからこれまで、書籍化にあたりさまざまなサポートを下さり、どうもありがとうございました。担当様のアドバイスにはたくさん助けられました。まだまだ未熟者でこれからもご迷惑をおかけするかと思いますが、今後もご助力いただけますと幸いです。続いて校正者様。この作品の未熟な点、至らぬ点を多数丁寧にご指摘いただき、一部では修正提案などまでいただいて、どうもありがとうございます。おかげさまで読みづらい点、一部読者様が不快に思われるリスクのある表現などが修正でき、大変助かりました。未熟な身ですが、これからもよろしくお願いいたします。

本文オペレーター様、デザイナー様。文字詰めその他、本文を読みやすく調整いただいたり、美しいカバーやロゴ含め、素敵な装丁をデザインしていただけて、とても嬉しかったです。これからもぜひ、お力を貸していただけると幸いです。

さらに印刷所様。この作品を、こうして手に取れる本という形まで作り上げていただきどうもありがとうございます。ただでさえ出版物の多い昨今、いろいろと大変だと思いますが、流通や営業の皆様とともに、これからもよろしくお願いいたします。

そして、イラストレーターのへりがる様。この作品のために、素晴らしいイラストの数々を描いていただき、どうもありがとうございます。私自身もちょっとあやふやだったキャラクターのイメージが絵になった時、予想以上のカッコよさや可愛さに驚き、感動いたしました。これからも末永くお付き合いをよろしくお願いいたします。

そして最後に、この作品を手にとってくださった皆様。数ある中から本作を選んでいただきどうもありがとうございます。これからも面白いと思ってもらえるよう、連載も執筆も尽力していきます。こうしてまた、二巻で感謝の言葉を伝えられるよう頑張りますので、引き続き応援をよろしくお願いいたします。

それでは皆様、ここまで読んでいただきありがとうございました。できましたらまた、次巻でお会いできることを祈っております。

HJ文庫 1189 https://firecross.jp/

必中のダンジョン探索 1
～必中なので安全圏からペチペチ矢を射ってレベルアップ～
2024年9月1日　初版発行

著者――スクイッド

発行者―松下大介
発行所―株式会社ホビージャパン
〒151-0053
東京都渋谷区代々木2－15－8
電話　03(5304)7604（編集）
03(5304)9112（営業）

印刷所――大日本印刷株式会社
装丁――内藤信吾（BELL'S GRAPHICS）／株式会社エストール

ISBN978-4-7986-3610-8　C0193

TS転生した私が所属するVTuber事務所のライバーを全員堕としにいく話 1

著者／恋狸
イラスト／ほまでり

推しVTuber達を努力と根性で堕としまくる！

VTuber大好きTS転生者にして百合てぇてぇ勢の現役女子高生・夢見蓮華は決意した——私はメスガキキャラでVTuber業界の覇権を握る！と。その後、無事デビューした彼女は先輩や同期ライバーを全員堕としにかかるが、肝心のメスガキキャラが秒で崩壊！　しかしリスナーには大好評で!?